JN218436

Mothering Sunday

Graham Swift

マザリング・サンデー

グレアム・スウィフト

真野 泰 訳

マザリング・サンデー

MOTHERING SUNDAY
by
Graham Swift

First Japanese edition published in 2018 by Shinchosha Company
Japanese translation rights arranged with Graham Swift
c/o United Agents, London
through Tuttle-Mori Agency, Inc., Tokyo.

Illustration by Mayumi Tsuzuki
Design by Shinchosha Book Design Division

お前を舞踏会に行かせてやろう

むかしむかし、男の子たちが戦死する前、まだ自動車よりも馬のほうが多かった時代、つまり男の使用人たちが姿を消し、アプリィ邸もビーチウッド邸も、料理番一人とメイド一人で間に合わすことを余儀なくされるより前のこと、シェリンガム家は邸内の馬屋につなぐ四頭の馬ばかりか、これぞ本物の馬といいたくなる競走馬、サラブレッドも一頭所有していた。名をファンダンゴといい、ニューベリーに近い厩舎に預けてあった。ただの一勝もしないのに、一家はいつか南イングランドの競馬場で名を馳せ誉れを得んと、見果てぬ夢を追い続けた。ママとパパ――その息子である彼の奇妙なことば遣いでは「つがい」ともよばれた――が胴体と首から上を、そして彼とディックとフレディが脚を一本ずつ所有している、ということになっていた。

「四本目の脚は？」

「ああ、四本目ね。そいつがいつも謎だった」

普段はファンダンゴの名前を耳にすることはなかった。名前だけのくせに、育成管理に費用がかさんだ。ファンダンゴが売却されたのが一九一五年。彼も十五だった。「きみの現れる前の話さ、ジェイ」けれども一度だけ、一昔前の六月の朝早く、その姿を見るだけのために、一家は酔狂にもはるばると遠出したことがあった。調教中のファンダンゴが——一家の馬が——緑の丘を疾駆するところを見るだけのため。柵の前に立ち、ほかの馬たちとファンダンゴが一団となって地響き立てて近づいてきて、あっという間もなく通り過ぎるのを見るだけのため。彼とママとパパとディックとフレディで。そしてそこにはひょっとするともう一人、四本目の脚を実は所有する幽霊がいたのかもしれなかった。

彼の手は彼女の脚の上にあった。

彼の目がほんのちょっとでも潤んで見えたのは、このときが最初で最後だった。一方、彼女の目には、まるで彼女も彼と一緒に出かけたかのように、あるいは将来、何か奇跡でも起こって彼と——彼だけと——出かけ、柵の前に立ち、ファンダンゴが泥と露を蹴上げて駆け抜けるのを見ることになるかのように、その情景がありありと浮かんだ（のちに九十になっても、ありありと浮かんだ）。見たこともない場面だったけれど、想像することができた。はっきり、想像することができた。太陽はまだ東の空を昇る赤い円盤で、その下に灰色の丘陵が広がり、まだ身の引き締まる冷気が漂っていて、あれは銀の蓋のついた平たい小瓶だろうか、彼は尻ポケットから引っぱりだし、きゅっと飲むと彼女にも勧め、それから特に人目を憚るふうでもなしに、彼女の尻を鷲づかみにした。

しかし、彼女の目の前では今、指にはめた銀のシグネット・リングを別にすれば裸の彼が、日の差し込む部屋を歩いていた。後年の彼女は、少なくとも安易には男性の形容に「種馬」ということばを使わない。けれども、このときの彼はそうよぶのにふさわしかった。彼が二十三、彼女は二十二だった。彼のことなら、サラブレッドとよんでも差し支えなかったかもしれない。もっとも、このときの彼女は「サラブレッド」ということばを知らなかったし、それをいえば「種馬」も知らなかった。まだ、並外れた語彙の持ち主になっていなかった。そう、サラブレッドだ。彼の種族では「生まれ」と「育ち」が大事なのだ。それらが現実に、何の役に立つのかは別にしても。

一九二四年の三月だった。六月ではなかったが、六月みたいな一日だった。正午を少し回っていたに違いない。窓は大きく開け放たれ、一糸まとわぬ彼は一糸まとわぬ動物と変わりなく平然と、光に満たされた部屋を歩いている。ここは俺の部屋だからね、俺の好きなようにさせてもらうよ、とでも言わんばかりに。実際、どう見ても、好きなように振る舞っていた。彼女がこの部屋に入ったのは今日が初めてで、今日よりのち入ることはない。

彼女も裸だった。

むかしむかしの、一九二四年三月三十日。窓の格子が彼の体に木漏れ日のような網を投げかけた。化粧台に置いてあったシガレットケースにライター、小さな銀の灰皿を拾い集めた彼はくるりと向き直り、するとそこに、鳥の巣のような黒い毛の下で日の光をたっぷりと浴びたペニスと睾丸、くたっとしてまだべとついているほんの付属物のようなそれらがあった。見たけりゃどうぞ、俺は気にしない。

もっとも、彼にも彼女を見ることができた。彼女は裸で横たわり、身につけているのは左右の耳の、彼女が所有する唯一の、至極安価なイヤリングだけだった。シーツも引っぱり上げていなかった。それればかりか、彼のことがよく見えるように、頭の後ろに両手を組んでいた。でもどうぞ、わたしのことも見てちょうだい。「目の保養」になるかしら。そんな表現が頭に浮かんだ。いろいろな表現が頭に浮かぶようになっていた。目の保養。

外には輝く緑を身にまとったバークシャー（イングランド南部、ロンドンのすぐ西の州）が伸びやかに横たわっていた。三月だというのに六月のような一日を恵まれて、鳥たちはやかましいほど囀（さえず）っていた。

彼の馬好きは今も変わらなかった。つまり、今も馬で金をすっていて、この無駄遣いが彼流の節約の方法なのだった。もう八年近くも、理論上彼には三人分の金がある。これを彼は「不当利得」とよぶ。だが、そんなものがなくても自分はやっていけることを証明してやるのだ。それにこうして僕ら二人がかれこれ七年もやっていることは、と彼はときどき彼女に指摘した。ぴた一文かからないんだからね。必要なのは、口の堅さと大胆さと狡猾さ、あとは上手に楽しむ二人の才能だけ。

しかし、こんなふうなのはこのときが初めてだった。このベッドに入ったのはこのときが初めてだった——シングルベッドだけど、広々してる。それをいったら、この部屋にも、そもそもこの屋敷にも、入ったことがなかった。お金はかからなくても、これは最高の贈り物だ。

お金がかからないって言うけれど、と彼女はいつだって反論することもできたのである。じゃあ、六ペンスずつくれてたときのことはどうなのよ。それとも三ペンスだったかしら。まだ始まったばかりの頃、まだ——なんということばがいいかしら——「本気」でなかった頃。でも、いつだって結局それを持ち出す気にはなれなかった。それに、今日は特にそうだ。今日は、彼に向かって「本気」ということばを投げつける気になれない。

彼はベッドの彼女の横に腰を下ろすと、見えない塵を払うみたいに彼女の腹を撫でた。撫でた腹の上にライターと灰皿を並べ、シガレットケースは手に残した。ケースから紙巻きを二本抜き、ちょうだいと突き出した彼女の唇に一本を差してやる。頭の後ろに組んだ両手は動かない。彼はまず彼女の煙草に、次に自分の煙草に火を点ける。それが終わるとケースとライターを一緒にしてベッドサイドテーブルに置き、自分も彼女と並んで長々と横になった。灰皿はまだ、彼女のへそと、近頃では彼が何の臆面もなく、愉快そうに、「きみのまんこ」とよぶものとの中間に置かれたままである。

ちんこ、きんたま、まんこ。飾らない、基本的なことばがある。

この日は三月三十日、そして日曜だった。かつて「母を訪う日曜（マザリング・サンデー）」とよばれた、一年に一度の日曜だった。

「いや、うってつけの上天気じゃないか、ジェーン」この日の朝、ニヴン氏は淹れたてのコーヒーとトーストを運んできた彼女に向かって言った。

「はい、ご主人様」彼女は答え、でも自分の場合、「うってつけ」とは一体何にうってつけなんだろうと思った。

「実に素晴らしい天気じゃないか」と、まるで晴天を自分が恵み与えたみたいな口ぶりである。それから夫人に向かい、「なあ、こんないい天気になるとわかってたら、それぞれの家でバスケットを用意してもよかったな。ピクニックさ……川べりで」

済んだことを言っているようにも、これからのことを言っているようにも聞こえるものだから、彼女はトースト立てを置きながら、これは本当に計画が変更になって、わたしとミリーでバスケットを詰めなきゃならなくなるかもしれないと一瞬考えた。うちのバスケットはどこにあったかしら、こんなに急に言われて何を詰めたものかしら。今日は、わたしたちのお休みの日だっていうのに。

するとと夫人が、当てになるものですかという目を窓のほうへやって言った。「まだ三月ですよ、ゴドフリー」

これは夫人が間違っていた。この日の天気はよくなる一方なのだ。

それに、いずれにせよ、ニヴン夫妻には天候に左右されない計画があった。車でテムズ河畔のヘンリーの町へ出かけ、ホブデイ夫妻、シェリンガム夫妻と落ち合うことになっている。この日、一年に一度、半日ほどの難儀を強いられる者たち同士でヘンリーに集って会食し、もって使用人の不在という一時的不自由に対処しようというわけだった。

これはホブデイ夫妻が思いつき、誘ってきたのである。ちょうど二週間後にポール・シェリンガムとエマ・ホブデイの結婚が予定されている。そこで、ちょっと遠出をして昼食会でもしませんかとホブデイ夫妻がシェリンガム夫妻に提案したのが始まりだった。来るべき慶事を肴に杯を上げ、お喋りしましょう、日曜の実際的困難を解決することにもなりますし、と。あとから、ニヴン夫妻はシェリンガム夫妻と屋敷も近くて親しい間柄だし、結婚式では来賓として招くことも決まっているのだから（そして同じ難儀に遭うのだから）というわけで、ニヴン夫妻も——この日の予定を初めて彼女に知らせたときのニヴン氏のことばを借りれば——「引っぱり込まれた」のであった。

もともと彼女にはわかっていたけれど、これでますますはっきりした。ポールがほかの何を目当てに結婚するにせよ、金も目当てであることは確かだ。もっとも、あんなふうにお金をどんどん使っていたら、金目当てにならざるを得ないかもしれない。二週間後、ホブデイ家は豪華な結婚式の費用を出す。一体、来るべき祝い事の前祝いをする必要などあるだろうか。お金があり余っているに違いない。さあ、シャンパンを出せということになりかねないのだもの。ニヴンさんはバスケットを持ってピクニックと言ったとき、ホブデイ家の気前のよさをどこまで頼りにしてよいものか、今日は自分の懐も痛めることになるのかと、そんなことを心配していたのかもしれない。

けれども、ホブデイ家にはあり余るほど金があるということが彼女には嬉しかった。彼女には関係のないことでも、嬉しかった。エマ・ホブデイの体が五ポンド紙幣の塊であるかもしれないこと、結婚が体のいい「不当利得」獲得の手段であるかもしれないことが、嬉しかった。というよりも、慰めになった。この結婚が含意するその他すべてのことは、「引っぱり込まれ」てしまってねとニヴン氏が説明するのを聞いているときでさえ、彼女の心を苛んだ。

それで昼食会にはポール坊ちゃまとホブデイのお嬢様も出るのだろうか。これを知ることは彼女にとって極めて重要だったけれど、やはり率直に尋ねることはできなかった。そしてニヴン氏もこの点に関する情報を進んで提供することはなかった。

「この予定のこと、ミリーにも話しておいてくれるかね。むろん、だからといって何の変更の必要もない……その、お前たち自身の予定についてだね」

このようなことをニヴン氏が口にする機会は多くなかった。

「かしこまりました、ご主人様」

「ヘンリーで大会(ジャムボリー)というわけだ、ジェーン。三部族の会合だ。それにふさわしい好天に恵まれることを祈ろう」

「ジャムボリー」とは何のことかよくわからなかったが、どこかでこのことばを見たことのある気がした（「ジャム［ン］ボリー」の語は、一九二〇年にロンドンで開催された初めてのボーイスカウト国際大会の名称として採用された。一九二四年は第二回国際ジャンボリーがデンマークで開かれる年）。それでも「ジャム」から、何やら浮き浮きした気分を連想した。

「はい、お祈りいたします、ご主人様」


そして今日、遠出にふさわしい紛う方なき好天に恵まれると、今しがた出費を気にするふうにも見えたニヴン氏も、相当に浮き浮きしてきたらしい。自分でハンドルを握るつもりとみえ、せっかくだから早く出発して、のんびり車を「転が」そう、こんなに気持ちのいい朝を無駄にする手はないと宣言した。然るべき額を支払えば給油所のアルフがお抱え運転手役を立派に演じてくれるのだが、どうやら今日は頼むつもりはないらしい。いずれにせよ、この数年彼女も見てきたように、ニヴン氏は自動車の運転が好きなのだ。人に運転させる体裁のよさを捨てても、自分で運転する楽しみを取る。運転するときは少年のように張り切った。それに、ニヴン氏自身が口癖のように、しかし時に応じて憤慨から慨嘆まで実に様々な感情に動かされて言うように、時代は変わりつつあったのだ。

そもそも、むかしむかしであれば、ニヴン夫妻とシェリンガム夫妻は日曜の礼拝で顔を合わせたはずなのである。

「部族」ということばは暑い戸外を連想させたけれど、会場がヘンリーのジョージホテルであることは彼女も知っていた。ピクニックの予定はなかった。なにしろまだ三月なのだから、風の吹きすさぶ一日や、それどころか雪になっても不思議ではなかったのだ。ところが今朝は、まるで初夏の朝のようだ。ニヴン夫人がテーブルを立ち、身支度をしに二階に上がっていく。

好都合にニヴン氏と二人きりになっても、「ホブデイのお嬢様とポール坊ちゃまは……」と尋ねることはできなかった。そう尋ねたところで、メイドの他愛ない好奇心としか思われないだろうけれど。だって、どこへ行っても今度の結婚の噂で持ち切りなのだから。でも、「いらっしゃらないのなら、お二人はどんな別の予定をお考えなのでしょう」とは絶対に尋ねられない。

もしも自分が婚約者の一方だったら、というか少なくともポール・シェリンガムのほうだったら、自分たちの結婚式の二週間前に、ヘンリーでのジャムボリーに出席する気になるとは思えない。親たちにちやほやされに行くようなものだから（くわえ煙草で目を細め、「つがい三組の揃い踏みだぜ」と言う彼のしかめっ面が目に浮かぶ）。

しかし、この件についてこれ以上の情報は得られないにせよ、いずれにしろ、ニヴン氏も知っているとおり、この日の彼女に特有な問題、すなわちこの一日をどう過ごしたものかという問題は残る。今日はまた、自分の特別さが痛いほど感じられる。晴れ渡った空がかえっていけない。あと二週間ということもあって、明るい光は影を濃くするばかりに思われた。

彼女は頃合いを見計らってニヴン氏に言うつもりだった。ご主人様と奥様のお許しさえいただければ、わたしはどこにも出かけないかもしれません。差し支えなければお屋敷に留まって、本を読みたいと思います。本はニヴン氏の所有だが、彼女の気持ちの上では自分の本だった。お庭の日当たりのよい場所に腰を下ろして読みたいと思います。

誰の迷惑にもならないこのような計画に、ニヴン氏が反対するはずのないことはわかっていた。なかなか絵になる図だとさえ思ってくれるかもしれない。それに言うまでもなく、出かけなければ、ご主人様たちがいつ帰ってきても、直ちに仕事を再開できるのだ。わたしの食べ物は厨房に何か見つかるだろう。いや、出かける前にミリーがサンドイッチを作っておいてくれるかもしれない。わたしも「ピクニック」ができるかもしれない。

そして実際、そんなふうになる可能性もあったのだ。日時計の横の隅っこのベンチ。この天気に誘い出されたマルハナバチたち。モクレンの木はすでに今を盛りと咲き誇っている。膝の上にはわたしの本。それがどの本になるか、もうわかっていた。

というわけで、彼女はニヴン氏に計画を話すつもりだった。

ところがそのとき電話が鳴って、これも無数にある仕事の一つなので彼女は電話へと急ぎ、受話器を取った。そして、心が舞い上がった。これは本で目にする言い回しだけれど、生身の人間に起こる現象の形容としても当たっていることがあり、このときの彼女についても当たっていた。彼女の心は舞い上がった。ちょうど、何かの物語に出てくる窮地を救われたヒロインの心みたいに。ちょうど、しばらくしてアプリィ邸目指してペダルを漕ぎながらその囀りを聞くことになる、青空に吸い込まれていく揚げヒバリみたいに。

けれども彼女は気をつけて、はっきりと聞こえるように、受話器に向かい、メイドらしくもあれば、いくぶん女王のようでもある電話対応用の声でこう言った。「はい、奥様」

鳥の声より低いところで教会の鐘の音が響く。開いた窓から暖かな空気がふわりと入ってくる。わたしへの形ばかりの心遣いからカーテンを引くことも彼はしない。わたしへの心遣い？　しかし、そんなものは不要なのだ。窓の外は木と草と玉砂利ばかり。日光は二人の裸を喝采し、二人の行為から一切の秘密を剝ぎとった。二人のしていることは絶対の秘密であるのだが。

そして二人が親しくといおうか、懇ろ(ねんご)にといおうか、付き合ってきたこの数年間をつうじても、二人がここまで裸になったのは初めてだった。

さあ、目の保養をなさい、と彼女は大胆に心の中でそう言った。何かの物語に出てくる密貿易で届けられた美女みたいに。わたしが美女？　わたしの種族は皆そうであるように、指の関節は赤く、爪はすり減っている。髪はばらばらに乱れているに違いない。前髪が額にへばりついているのがわかる。けれど、彼の傲岸不遜の一部を分けてもらったみたいな気分だった。まるで彼のほうが召使いで、だから煙草を持ってきてくれたみたいな感じ。

そしてほんの二時間ほど前、彼女は彼のことを「奥様」とよんだのだ！　電話の向こうから聞こえてきたのが彼の声だったから、そんなときのメイドらしく彼女は突然のめまいを覚え、しかし取り乱すわけにはいかなかった。朝食の間のドアが開いていたのである。ニヴン氏はまだ忙しくトーストにマーマレードを塗っていた。電話の向こうからは、口早に、ことば少なに、有無を言わさぬ指示が与えられ、その間彼女は、「はい奥様……いいえ、奥様……いえ、どうかお気になさいませんように、奥様」と話していた。

心が舞い上がる。目の保養。一つの物語が始まった。

そして一時間もしないうちに、彼女が自転車を降り、彼が正面玄関のドアを開けたとき——勝手口ではなくて正面玄関、まるで彼女が本物の訪問客で彼は従僕頭であるかのようだった——、二人は彼女が彼のことを「奥様」とよんだことを大笑いした。どうぞと彼に招じ入れられた彼女が、また、「ありがとうございます、奥様」と言ったので大笑いになったのだ。そして彼は言った。「頭のいい人だ、きみは。自分でわかってるかい、ジェイ？　きみは頭がいい」彼はいつもこんなふうに褒める。まるで、きみには思いも寄らないだろうから教えてやろうという口ぶりで。けれど、そう、彼女は頭がよかった。彼より自分のほうが頭がいいとわかるくらい頭がよかった。いつだって彼女は、頭のよさで彼の上を行った。最初の頃は、ことにそうだった。それを彼が望んでいることもわかっていた。この人は頭のよさで負かされること、さらには一種奇妙な仕方で命令されることを望んでいる。もちろん、まさかそんなことは言えないし、おくびにも出せなかった。将来彼女は九十になっても、メイド根性が抜け切らない。彼が王子然とした権威を有していることは常に既定の事実であった。もちろん、主導権を握っているのは彼。彼に主導権を握られてもう七年近く。彼が使用権を持っているのだ。わたしの体を使用する権利を。そう、彼は王子様みたい……。そして彼が王子然と振る舞う人間となったについては彼女も与(あずか)って力があった。

けれど、二人で玄関の間に立ったとき、彼は彼女を「頭がいい」と、それも彼自身は救い難い大馬鹿者であるかのように、司祭に懺悔するみたいに謙虚な顔つきで言ったのだ。外には、敷かれた玉砂利を縁取って色鮮やかなラッパズイセンが帯状に植わり、内には、一階ホールの奥の大きな水盤からにょきにょきと、光を放っているかと思うほど白い花をつけた幾本かのよじれた茎が突き出していた。それから彼女の背後でドアが閉まり、日曜の午前十一時、彼女はアプリィ邸の中で彼と二人きりになった。こんなふうになったのはこれが初めてだった。

「誰からだったのかね、ジェーン」ニヴン氏は尋ねた。「奥様」と聞いて、シェリンガム夫人か、ひょっとすると計画を変更したホブデイ夫人かと思ったのかもしれない。

「間違い電話でした、ご主人様」

「まったく、日曜だというのに」と、ニヴン氏はあまり意味のないことを言った。

それから置き時計に目をやり、使ったナプキンを巻き直しながら、わざとらしく一つ咳払いをした。

「さてと、ジェーン。朝食の後片づけが済んだら出かけてよろしい。ミリーもだ。だが、その前に……」

そう言いながらニヴン氏は、きまり悪そうに半クラウン銀貨（旧通貨制度下の硬貨。半クラウンは二シリング六ペンス）を取り出した。これが出てくることは最初からわかっていて、出てきたら普段より深いお辞儀をしなければならない。

「お心配り、恐れ入ります、ご主人様」

「いや、もってこいの上天気じゃないか」ニヴン氏はまた言って、彼女は「もってこい」とは一体何にもってこいなんだろうとまた思い、今度は少々どぎまぎもした。

けれども、彼女の顔を見たニヴン氏は、もの問いたげではあっても、探るような目つきにはならず、ぐっと背筋を伸ばして少々しゃっちょこばって見えた。

これから始まろうとしている「母を訪う日曜(マザリング・サンデー)」は奇妙な代物だった。すでにすたれかかった風習でありながら、ニヴン家は——そしてシェリンガム家も——、ちょうど世間の人々が、と言うのが言い過ぎなら、夢うつつのバークシャーの人々が、いまだにこの風習にしがみついているのと同様、念じることで過去を引き戻したいという悲しい理由から、いまだにこの風習にしがみついていた。それはちょうど、ニヴン家とシェリンガム家が、あたかも人減らしに遭って一つの家族となったかのように、以前にも増して互いにしがみつきあっているのと似ていた。

彼女の場合、マザリング・サンデーはまったく別の理由から奇妙な代物であり、そのことがニヴン氏に半クラウン銀貨を取り出させるばかりか、何度も咳払いをさせ、改まった態度を取らせるのだった。

「ミリーは一号を使い、帰りのために駅に置いていく。ジェーン、お前は……」

もう馬はいなかったが、自転車はあった。今話題にのぼっている二台は、ミリーのもののほうがかごが少し大きいことを除けばほとんど見分けがつかないのだが、「一号」と「二号」として厳格に区別され、年功序列に従いミリーが一号を使っていた。

わたしは二号を使わせてもらおう。自転車ならアプリィ邸まで十五分とかからないかもしれない。もっとも、その前に正式にお許しをいただかなくてはならない——アプリィ邸へ行くお許しというわけにはいかないけれど。

「ご主人様、遠乗りに出ても構いませんでしょうか、二号で」

「そうくると思ったよ、ジェーン」

「わたしの自転車」と言ってもよかったのだが、ニヴン氏が「一号」「二号」の呼称にこだわるので、彼女もそれに合わせるのが習慣になっていた。ミリーによれば、かつてニヴン家の「男の子たち」、フィリップとジェームズは（馬もあったが）自転車を与えられ、それが「自転車一号」「自転車二号」とよばれるようになったという。男の子たちは今はおらず、その自転車も今はないけれど、どういうわけか「一号」「二号」の伝統は、使用人二人の自転車に、当然こちらはクロスバーのない婦人（レディーズ）用だが、受け継がれたというわけだった。彼女とミリーはたぶん「淑女（レディー）」の資格を欠く一方で、継承されたしきたりを通して、フィリップとジェームズの薄ぼんやりした幽霊としての資格を有していた。


　彼女はフィリップとジェームズのことを話にしか聞いたことがなかったが、ミリーは実物の二人を知っていた。というより、かつて二人の食事を作っていた。そしてかつてミリーには「わたしのいい人（マイ・ラッド）」もいたのだが、その人はフィリップとジェームズと同じ運命を辿ったのだった。場所も同じフランスの、同じ激戦地だったかもしれなかった。その人の名はビリーといい、だがその名をミリーが使うことは多くなかった。「一号」「二号」と同様、「わたしのいい人（マイ・ラッド）」がお決まりの言い方となり、そのため、実際のところミリーがその人とどれくらい親しかったのか判断し難かった。けれども、もしも二人が結婚していたら、「ミリーとビリー」（レイ・ベイリーによる一九三〇年代の漫画のタイトル）となったわけだ。もしかすると「わたしのいい人（マイ・ラッド）」は、その存在を誰にも否定することのできない、そして誰も否定しようと思わない、ミリーの創作なのかもしれなかった。戦争の使い道はいろいろとあったのである。

むかしむかし……むかしむかし、彼女はやってきた。新しいメイドのジェーン・フェアチャイルドが、衝撃の嵐が吹き荒れた直後のビーチウッド邸に。ニヴン家も御多分に漏れず家族が減り、家計の収入と使用人の数も減っていた。もう、料理番一人にメイド一人しか置けなかった。先輩である料理番（クック）ミリーが理屈の上では料理番兼メイド頭に昇格したはずなのに、この人は厨房に貼りついて出てこないものだから、ほどなく新米メイドの彼女が事実上家事のおおかたを切り盛りするようになった。

彼女はそれが不服ではなかった。ミリーのことは大好きだった。

クック・ミリーは彼女のわずか三つ年上にすぎなかったが、「わたしのいい人（マイ・ラッド）」を喪失したことの付随現象であるかのように体重と胴回りを急速に増大させ、さらにはとんちんかんな人生論まで語りだし、その結果、もしかすると本人がずっとなりたかったのかもしれない「母」

というものに近づいていた。はかなくなった「わたしのいい人（マイ・ラッド）」は、ひょっとして「わたしのかわいい子（マイ・ラッド）」だったのではないかとさえ思えてくるのだった。

　そして今日、自転車がその体重に駅まで持ちこたえてくれれば、クック・ミリーは自分の母親に会ってくる。


「むろん構わんさ、ジェーン」巻き直したナプキンを銀のリングに通しながらニヴン氏は言い、ご主人様はわたしがどこへ行くつもりかお尋ねになるだろうかとジェーンは思った。

「自転車二号は好きに使ってよい。それにさっきの……えへん……二シル半もある。この広いバークシャーのどこへ行こうがお前の勝手だ。戻ってきてくれさえすればだがな」

　そして、たった今自分が与えた大きな自由が少々羨ましくなったみたいに、こう言った。「ジェーン、今日という日はお前のものだからな……えへん……気随（きずい）にやりなさい」ニヴン氏ももう、彼女にはこんなことばも理解できることを知っていて、これはいわば、彼女の読書習慣に対する遠回しの賛辞であるのかもしれなかった。クック・ミリーだったら、骨の髄か何かのことだと勘違いしたかもしれない。

「気随に」だなんて、まさか感づかれたわけじゃないわよね。

一九二四年三月三十日の「母を訪う日曜(マザリング・サンデー)」だった。ミリーには訪ねるべき母がいた。けれど、ニヴン家のメイドにはただの自由があり、そこに半クラウンが添えられることになっている。そして電話が鳴り、あらかじめの計画はたちまち変更された。ピクニックは取りやめ。

もちろん、これは望外の好展開だった。なぜなら、ポール坊ちゃまとホブデイのお嬢様がヘンリーでのパーティーに加わらないとしても、二人がこの一日をどう過ごすのかが不明であることに変わりはないからだ。そして、それは今も不明のままだった。

二人とも自動車(オートモビール)を持っている、ということは彼女も知っていた。あの種族の若者なら、今時は自動車を持つことができる。ポールは婚約者の車のことを「エマ車(モビール)」とよぶことがあった。あの二人こそ気随に振る舞えるのだから、うまく立ち回りさえすれば、そして二人がその気ならば、おあつらえ向きに空っぽになった二つの屋敷のどちらでも、勝手に使うことができるのだ。考えてみれば、今日という日は国じゅうに一時的な空き家がいくらでもあって、人目を忍ぶ恋人たちに利用されるのかもしれない。そしてもし、ポール・シェリンガムという人をわたしが知っているとすれば……。

まさにそこなのだ。彼女は彼を知っていて、彼を知らない。いくつかの面では彼のことを誰よりもよく知っている——それだけはのちのち死ぬまで信じて疑うことがない。どんなによく彼を知っているかを誰にも知られてはならないことも、知っている。しかし、彼をよく知っているからこそ、いくつかの面では彼を知り得ないということもまた、知っている。例えば、裸で並んで寝ている今、彼が何を考えているのか彼女は知らない。この人は何も考えないのではないかと思うこともしばしばだ。

彼がエマ・ホブデイに対してどう振る舞っているのかも知らない。エマ・ホブデイが——ホブデイのお嬢様が——どれだけ彼のことを知っているのかも知らない。エマ・ホブデイのことも知らない。一度か二度、ちらっと姿を見たことがあるだけだもの、知るわけがない。きれいなことは知っている。花みたいなきれいさ。花にたとえたくなるような人、花柄の服を着るような人だ。一体どんな人なのか、いわば花の下にどんな人が隠れているのか見当もつかない。つくわけがない。もうじき結婚するのに、その相手のことをポールは滅多に話さないのだから。そしてそれは、どんなにポール・シェリンガムのことを自分が知らないかということの証拠である一方で、慰めになる謎でもあった。

どうもおかしなことが起こっている。ポール・シェリンガムとホブデイのお嬢様の婚礼の日が近づくにつれ、実際二人が一緒に過ごす時間は減ってきたのだ。結婚式の前の一日は（それとも前の一晩だったか）花嫁と花婿は会わないことになっているという話を聞いたことがあるけれど、二人の場合はその拡大版みたいになっていて、もうだいぶ間が空いている。夫となることへの熱意を彼はもっとしっかり示すべきではないだろうか。

　そのとき頭に一つのことばが浮かんだ。こんどもまた、本で目にすることばが突然に現実的な意味を帯びたようだった——「政略結婚」。

　とにかく望み得る最高の展開だった。もちろん、本当の意味で救われるわけではない。けれど、どんな理由からにせよ、花とお金の化合物とでもよぶべき存在へ彼がするすると引き寄せられつつあるとすれば、ならば今日という日こそ——と彼女は朝食を出しながら、バスケットだとかピクニックだとかニヴン氏が言うのを聞きながら考えていたのだった——一日持ちそうなこんな晴天で始まった今日という日こそ、最後の好機かもしれない。彼にとっての最後の好機と言うべきなのか、わたしにとってのそれと言うべきなのかわからないけれど。二人にとっての、と言えるかとなればますますわからないけれど。

　いずれにせよ、彼女は彼を失う覚悟を固めつつあった。彼もわたしを失う覚悟を固めているところだろうか。彼がそんなふうに考えてくれると期待する権利はわたしにはないけれど。そもそも、彼のことを失うだなんて、わたしに思う権利があるだろうか。彼がわたしのものだったことなんか一度もないのだから。ものにした、とは言えても。

　彼を失ったらどんな感じがするのか、彼女にはわからなかったし、いくら彼を失うことが避けられないにしても、そんなことは考えてみたくもなかった。「母を訪う日曜（マザリング・サンデー）」の朝、ビーチウッド邸でコーヒーのお代わりを運びながら彼女が考えていたのは、もし彼が今日という日にうまく立ち回る気なら、このわたしと一緒に立ち回ることを考えてほしいということだけだった。まず無理だろうけど、と。そして、電話が鳴ったのだ。「番号をお間違えです」彼女の心は舞い上がった。

「もうすぐつがいが出かけるから、うちに一人きりになる。十一時に、正面玄関へ」

そう彼は強い囁き声で言った。まるで彼女の置かれた難しい状況を、朝食の間のドアが開いていることまで、正確に思い描くことができるかのように。それは命令、それもぞんざいな、でも、世界が一変する命令だった。そして彼女は聞き続けた、というか礼儀正しく黙って聞き続ける振りをした。勘の悪い饒舌な電話の主が、まだ間違いに気づいてくれないみたいに。

「たいへん失礼でございますが奥様、番号をお間違えです」

七年のうちになんと彼女は巧みになったことか、自分の仕える人々の「たいへん（オーフリー）」の発音を真似することに。そして、ほかのことにも巧みになった。けれど、彼女はまだ飲み込めずにいた——誰もいない家の中に二人っきり。そんなことは初めてだった。正面玄関。どこの家でも、正面玄関から入れと言われた例しはない。もっとも、最初の頃はときどき、そろそろ〈正面玄関（フロントドア）〉から入れさせてもらおうと彼が言うことはあった。

「いえ、どうかお気になさいませんように、奥様」

マーマレードを塗ったトーストをむしゃむしゃやっていたニヴン氏は、彼女の完璧な演技を一部聞き洩らしたものとみえる。

「間違い電話でした」と彼女は説明し、その後にニヴン氏から半クラウンを与えられたのだった。ニヴン氏が知ったらどんな顔をするだろう。そう、わずか六ペンス、ときにはさらに少額で、かつて彼女がポール・シェリンガムのために――ためになったかどうかはともかく――何をしたか。そして、さほど月日も経ぬうちに、合歓への関心を共有する二人に貨幣による媒介は不要となり、それは無料無償でおこなわれるに至ったのだ。

もっとも、八十、九十になって彼女は、若かった頃を振り返ってくださいと公開インタビューでも求められることになるのだが、そんな折、人生最初の生業の一つは娼婦の仕事でしたと言っても、ちっとも嘘にはならないと思うのだった（もちろん、本当に言いはしない）。孤児、そしてメイド、そして娼婦。

彼は彼女の腹を飾る灰皿に、とんと灰を落とした。

そして秘密の恋人。そして秘密の友だち。一度、「ジェイ、きみは僕の友だちだ」と彼から言われたことがある。まるで公式の発表みたいな言い方だった。彼女は頭がくらくらした。そうよばれたこと、そんなにずばりと言われたことは誰からもなかった。まるで、僕にはほかに友だちがいないんだと言っているようにも、それどころか、友だちとは一体何のことなのか、たった今気づいたというふうにも聞こえた。そして高らかに宣言されたこの新事実について、彼女は終生誰にも語らずに通すことになる。

言われて、くらっときた。彼女は十七だった。すでに娼婦ではなくなっていた。友だち、だって。きっと恋人よりも上。といって、「恋人」が当時の彼女にとって実現可能な概念としてあったわけではない。ちらと考えたことさえなかった。けれど、この先、彼女には恋人が何人もできる。オックスフォードで。たくさんできる。恋人づくりに励んだのだ。けれど、そのうち何人が友だちだっただろう。

そして、彼の花嫁になるというエマ・ホブデイは、一体彼の友だちなのか。

いずれにせよ、二人は友だち同士としてだか、ひょっとしたら恋人同士としてだか、それともただポール坊ちゃまとその坊ちゃまがある日ティザトンの郵便局で見初めたビーチウッド邸の新しいメイドとしてだか、二人してありとあらゆる秘密の場所で、ありとあらゆる種類のことをした。二つの屋敷は裏道を使うならば、そしてその結果必然的に庭を経由するならば、一マイル離れているか、いないかである。馬小屋の使われなくなった部分と温室とは、二人が重宝した場所のほんの二例にすぎない。そして二人は、事前の約束とは言えない、不思議と当たる直感に従って行動し、その直感は習慣化して、真の友の間の以心伝心とでもよぶべきものとなっていた。あたかもすべては想像された偶然によって起こるかのようであり、けれども二人はそうでないことを知っていた。

ならば――実は二人は恋人同士だったのだろうか。

いずれにせよ、二人の実験には激しさと奇妙な重々しさがあったから、つまり、少なくとも、自分たちはしてはいけないことをしているのだという意識があったから（二人の周りでは世の中全体が喪に服していた）、何かそれを相殺してくれる軽みの要素を必要とした。それが、二人のくすくす笑いだった。実際、お互いをくすくすと笑わせることこそが本当の目的のように思われるときさえあったが、これは目的とするには危険なことだった。なぜなら、もう一つの必須の条件は、絶対に見つかってはならないということだったから。

そして驚くべきことに、あの慇懃で傲慢な物腰を身につけ、あの銀のシガレットケースを使うようになった今でさえ、依然としてくすくす笑いは彼の中にあるのだった。二人がこの共同作業に熟達し、最早まごつくこともない真顔の中毒者となった今でさえ、依然としてそれは彼の中にある。今でも、予告もなしに、説明もなしに、洗練された彼の外面を破って、調子っぱずれの爆発的くすくす笑いがいつ何時飛び出すかしれなかった――まるで鋳型が打ち破られたかのように。

けれども彼は今、裸なのだ。打ち破るべき鋳型はない。それになぜくすくす笑う必要があるだろう。今日は二人の最後の日なのである。

ビーチウッド邸からアプリィ邸へと彼女は自転車を飛ばした。とはいえ、ニヴン夫妻がまだ出かけていなかったので、急いでいる素振りを見せないように、またアプリィ邸の方角へ漕ぎだすところを見られないように気をつけた。門を出て左ではなく、何気なく右へ曲がり、けれどもあと二回曲がったあと、彼女は飛ばした。

そしてアプリィ邸に近づくと、それまでしたことのなかったことをした。つまり、いつもの裏道と庭の小道で――もうすっかり見慣れたサンザシの生垣に自転車を隠してその先は用心しいしい徒歩で――屋敷に接近することをしなかった。本道をとり、大胆にも自転車を漕いだままアプリィ邸の門を通り、左右にラッパズイセンが渦を巻くように植えられたシナノキの並木道を進んだ。

これが彼の指示だった。彼の命令だったのだ、正面玄関へ来いというのが。公道から曲がって門を入ったとき初めて、この非日常性、これが先例のない贈り物であることが、そう、今日はわたしの特別な日なのだと、はっきり意識された。なにしろ、正面玄関だ。そして、こうして彼女が現れるところを彼は見ていたいと思ったのに違いない。玄関ポーチの近くで彼女が自転車から降りたか降りないかのうちに、玄関ドアが――背が高くて黒光りしている立派な両開きのドアのうちの一枚が――、まるでドア自身の摩訶不思議な力で動くかのように、開いたのである。

そのときはまだ確かなことはわからなかったが、じきに彼女の知るところとなったように、彼の部屋は邸内の私道を見おろす位置にある。もしも彼女が目で探していたならば、二階の開いた窓に一瞬、彼の姿が見えたかもしれない。ともあれ、彼は自動で開いたと見えたドアの陰から出てくることにより、その姿を突然に現した。そして彼女から「奥様」とよばれ、彼女は彼から「頭がいい」と言われることになる。自転車は手早く正面の壁に立てかけた。一階ホールは玄関の間からさらに奥まで白黒のタイルがチェス盤のように敷かれている。細長い茎に強烈に白い花をつけた植物が活けられている。

「母の大事な大事な蘭さ。でも、こんなものを観賞してもらうために来てもらったわけじゃない」

と言う彼に導かれて――正確には尻に手を当てられて――彼女は階段をのぼった。

そして今度は、彼女のほうが「奥様」とよばれる番であるかのようだった。彼の部屋に入るなり、ほとんど直ちに、彼はこれまでしたことのない仕方で、というかむしろ、これまでしたくてもそんな機会のなかった仕方で、彼女の服を脱がせだしたのである。いや、そもそも、これまで彼が厳密な意味で彼女を脱がせたことがあっただろうか。

「そのままだよ、ジェイ、そのまま。じっとしてて」

彼女には体を動かさずに立っていてもらい、自分の手で一つずつゆるめ、一つ残らず外して、すべてを彼女の足もとに落としていきたいらしかった。だから、ときに彼女が疲れたニヴン夫人から求められ、夫人の服を脱がすのとよく似ていた。もっとも、熱心に指を動かす彼の示す恭しさを、これまで彼女が一度でもニヴン夫人に対して示したことがあるとは、彼女自身言いかねた。まるで除幕式だった。この脱衣は生涯彼女の記憶に残ることになる。

「ジェイ、動かないで」

その間、彼女は初めて入ったこの素晴らしい部屋を見回すことができた。いろいろな小物、主として銀製品が、ごちゃごちゃと載っている三面鏡のついた化粧台。クリーム地に金の縦縞の肘掛椅子。似たような柄のカーテンは完全に両側に寄せられ（人を脱がせているのに！）、静かに揺れている。開け放たれた窓。絨毯は灰色がかった青、日差しの中を立ち昇る煙草の煙の色。そして日はたっぷりと差し込んでいる。そして、ベッド。

「これ何、ジェイ？　きみの秘密の宝物かな」

指が彼女の衣服の奥に何かを探り当てた。

半クラウン銀貨。

その日は一九二四年のマザリング・サンデーだった。確かにニヴン氏は、のんびりと自転車を漕いで出ていく彼女の姿を目撃した。ちょうど玄関にハンバー（かつて存在したイギリスの自動車メーカー）を寄せ、夫人の出てくるのを待っていたのである。ニヴン夫人が自分で服を脱げない場合、大抵はニヴン氏が夫人を脱がす（アンドゥ）のだろうと、彼女は推測していた。それにしても、「戻す（アンドゥ）」だなんて面白い。ときどき奥様は、メイドに向かって言うときとは違う口調で、「脱がせてちょうだい、ゴドフリー」と言うのではないか。あるいはまた、それともまた違う口調で、ときどきニヴンさんは言うのではないか、「脱がせていいかね、クラリー」と。

八年ほど前に二人の「勇敢な息子たち」を失ったニヴン夫妻ではあるが、今でもときどき……と彼女は推測していた。いや、推測ではなかった。時折、証拠を目にした。シーツを替えるのは彼女の仕事だったから。

マザリング・サンデーの日でも、彼女にはわからなかった。二人の息子を失った母親であるということが、一体どんなことなのか。聞いた話では、二箇月の間に二人を亡くしたらしい。そんな母親が、こんな日に何を思うのか、わからない。「お母さん、これ」と小さな花束やシムネルケーキを持って訪ねてくる息子は、当然ながら、いないわけだ。

しかし、二週間後にはポール・シェリンガムが結婚するのであり、その彼がただ一人残った息子だった。もちろん、式にはニヴン夫妻も出席する。彼は（そしてこのことは本人も百も承知だったが）、いわば両家にとっての秘蔵っ子だったのである。

今頃、ニヴン夫妻は隣り合って座り、輝く春の日差しの中をヘンリーへ向かってドライブの最中だ。すでにミリーは誰よりも早く、十時二十分ティザトン発に乗るべく、自転車をぎしぎし言わせてビーチウッド邸の門を出ていった。そしてここアプリィ邸も、有り難いことに今は二人のほか誰もいなかった。シェリンガム夫妻――「つがい」――もまたヘンリーを目指して出発していたし、この屋敷の料理番とメイドであるアイリスとエセルのことは、なんとポール・シェリンガム自らティザトン駅まで車で送っていったらしい。

そんなことを彼は今頃言うのである。つまり、彼女の服を脱がせながら、というよりも、じきに彼女は日の差し込む部屋に立ったまま裸にされてしまったから、今度はわたしの番というわけで彼女のほうが彼を脱がすのだか、「戻す」のだか、し始めた頃になって。

「アイリスとエセルを車で駅まで送ったよ」

それは改めて言う必要のないことだった。今わたしたちのしていることと何の関係があるというのかしら。それに、彼女はあとになって思ったのだが、そもそもそれはする必要のないことだった。こんな天気の好い朝は、アイリスとエセルも喜んで歩いたのではないだろうか。アプリィ邸はビーチウッド邸よりさらにティザトンの駅に近いのだし。

電話が遅くなり、彼女を悶々とさせた理由を彼なりに説明しているつもりなのか。それとも、この家は今本当に二人きりだから心配ないのだと言っているつもりなのか。使用人たちは手ずから追い払ったから、と。

けれども、それは彼らしくないひどく真面目な口調で語られたのだった。のちに思い返すと、まるで彼女に覚えておいてほしがっているようだった。この上下の秩序のひっくり返る特別な日、なろうと思えば威張り屋ちゅうの威張り屋になれる自分が、このようにへりくだった役どころを演じたということ、彼女を自分の屋敷へ招き、彼女が到着すれば丁重にドアを開け、さらには奴隷よろしく彼女の服を脱がせたばかりか、こんなもう一つの仕方でも、使用人たちに仕えたということ、つまり彼女の種族に対して親切にしたということを。

「九時四十分発に乗るというからね、ママパパ車で送ったんだ」

そのママパパ車は今頃はもう、ヘンリーの町のどこかに停められているのだろう。一方、馬屋を改造した車庫で今も出番を待っているポール自身の車は、折り畳み式の幌のついた競走タイプの自動車で、まともに座れる座席は二つしかない。

もちろん、あの二人を駅まで車で送るのは毎年恒例なのかもしれない。けれども、彼は言ったのだ。「二人にきちんとさよならをしたかったんでね」

きちんとさよなら？　二人は早ければ午後遅くのお茶の時間までに帰ってくる。どこかに行ってしまうわけじゃない。

これって、持って回った言い方をして、わたしとのことを仄めかしてるのかしら。きちんとさよなら、だなんて……。そのときはゆっくり考える間がなかった。というのも、彼も服を脱ぎ終わり、脱いだものは彼女のものと併せて肘掛椅子にひょいと掛けられて、二人はもう儀式はおしまいと、ベッドに入ったからだった。

しかし、のちに考えることになる。生涯ずっと思い描くことになる——彼がお抱え運転手よろしくハンドルを握る大きな黒いセダンの後部座席で畏(かしこ)まり押し黙っている二人の女たち。駅前に車をつけた彼は、彼女の服を脱がせたときと同じく丁重にドアを開け、二人に手を貸して車外へと導いたのかもしれない。お二人にキスさせてください、そんなことを言い出すのではないかとさえ二人は思ったかもしれない。

その光景を頭に描こう、あのマザリング・サンデーを手繰り寄せようと生涯努めることになる。その間にあの日は次第に遠のいて、マザリング・サンデーにより恩恵を被った職種自体が歴史上の奇習、過去の遺物となっていったにもかかわらず。二人を車から降ろしたとき、すでに九時四十分発レディング行きの汽車の吐く白い煙が、あの青く輝く空の片隅に小さく見えていたかもしれない。プラットホーム上にはアイリスやエセルの同類が二、三人、やはり里に帰ろうと汽車を待っていたかもしれない(もっとも、十時二十分発に乗るクック・ミリーはまだいない)。

メイドというメイドが皆。メイドの母という母が皆、いそいそと家で一番上等ということになっている茶器を出す。訪ねる母のいるメイドは皆。

アプリィ邸のメイドのことは知っていた。名前をエセル・ブライといって、小柄で可哀相なくらい臆病な人。ことばを交わしたこともあった――お使いでティザトンの食料雑貨店スウィーティングズへ行くと鉢合わせする。喋っても会話らしい会話にはならないし、噂話は金輪際しない。アプリィ邸の料理番はちょうどミリーのように体格のよい人だったが、エセルはすばしっこいメイドで、ちょっとビーチウッド邸のメイドに似ていた。エセルが別のタイプの人だったら、一緒に――スウィーティングズの前でそれぞれの自転車にもたれて――噂話をすることができたかもしれない。ひょっとしたら、ポール・シェリンガムとくすくす笑いするのとちょっぴり似た感じで、一緒にくすくす笑いすることだってできたかもしれない。

それでも、たとえそんな別のタイプのエセルに対してでも、ポールとのことは話さなかっただろう。というより、そんな別のエセルだったら、とっくに感づいてたんじゃないか。というより、そんなエセルだったら、先にやってしまってたんじゃないか、つまり、やられてしまってたんじゃないか。なにしろ、一つ屋根の下で便利だもの。

だから結局、エセルがそんな別のエセルじゃなく、小柄で真面目なメイドでよかったのだ。あれは常にメイドに求められている、見猿聞か猿言わ猿になることが、さほど苦にならない人なのだ。

今日、エセルは、かつてシェリンガム夫人のもとへ初めて上がったときと同様、何事も言われるがままという考え方から母のもとへと向かっているのかもしれない。もしかすると、二つのことの区別さえ、つかなくなっているかもしれない。

エセルとアイリスは噂話などするのだろうか。それは、するに違いない。黙りこくっていた自動車の中から汽車へ移って、二人は堰を切ったように喋りだしただろうか。あれって一体、何だったの？　もうじき結婚するから、――お屋敷を出ていくからってこと？

それとも、広い世間の空気に触れることにも、自分自身の人生があったことや、さらには自分自身に母がいたことを思い出すことにも不慣れな二人は、さらに深い沈黙にはまっていっただろうか。ぽかんと口を開け、目をぱちくりさせて、点々と子羊の散らばった、日を浴びたイングランドに見入るばかりだっただろうか。

その間、ポール・シェリンガムは厳かに彼女の服を脱がせていった。

「じっとしてて、ジェイ」

そして、彼女の服を脱がせつつ、彼女のもう一つの発せられない問いに答えるかのように、彼はこう言ったのだ。「僕は猛勉してることになってるからね、ジェイ。法律の勉強をね。そういうことになってるから。猛勉中ってことにね」どちらかがくすくす笑いだしても不思議でなかったのに、どちらも笑わなかった。それくらい真剣な、指示するような調子だった。万が一、尋ねられるような――尋問されるような――事態になったら、僕は、僕らは、猛勉強していましたって答えるんだよ、とでも言いたげだった。

この「猛勉」ということばは、のちのち、誰にも明かすことのできない秘密の暗号、いずれにしろことばでは語り尽くせないあまりにも多くのことを意味する彼女一人にとっての符丁となる。のちのちの彼女はこのことばを耳にするたび、心穏やかでいられなくなる。多量の猛勉のおこなわれるオックスフォードでも、千々に心を乱すことになる。

ともあれそれが、ヘンリー行きを免れ、屋敷を一人で――彼女と二人で――使うために彼がでっちあげた言い訳だった。それはまた、うまいことに、将来の責任を引き受ける旨の殊勝な誓約に聞こえもした。式を挙げたあと、彼とエマ・ホブデイはロンドンに居を構え（これはジェーンも知っていて、それを思うと目の前が暗くなった）、彼は勉強して弁護士になり、――新たな「不当利得」が転がり込んでくるにもかかわらず――正業を営む真人間となる計画だったのである。

なるほど、時代は変わるものだ。

だから今日も、彼はその計画に本気であるところを見せるべく、こんなに気持ちよく晴れた朝なのに数時間がりがりと猛勉するというわけである。それは彼らしからぬこと、柄にもないことではあったけれど、さりとて周囲が反対するわけにもいかなかった。あとほんの二週間になって——と皆はヘンリーでくすくす笑いながら臆測を逞しくしているかもしれない——急にあの子の誠実な面が表れてきたかな。

もっとも、これは彼自身が知っていること、そして彼女も知っていることだったが——ホブデイのお嬢様は知ってるだろうか——、彼に弁護士になる気がないのは、彼にベンガル虎になる気のないのと変わらなかった。

「僕ら、猛勉してるんだからね、ジェイ」もしも、誰かに尋ねられたら。

しかし、まだ一つ、答えられていない、それどころか発せられてもいない問いが残っていた。彼女はそれを問う勇気がなかったし、問いたくもなかった。言うも言わぬもこの人の決めることだ。

つまり、この人（とわたし）が一日中……猛勉し続けるはずがないと仮定すると、どんな別の予定があるのだろう。この人はどんな予定を立てているのだろう、ホブデイのお嬢様と。

二人は並んで横になっていた。体の上に何も掛けずに、ときどき煙草の灰をとんと落とし、口を利かずに、二人の煙が立ち昇って天井の下で合流するのを眺めていた。しばらくは、こうして煙を共有しているだけで十分だった。彼女は汽車の吐く白い煙を思った。二人の煙草は時折、手を添えず口に垂直にくわえられて、そんなときは小さな兄弟煙突といった風情だった。

聞こえるのはただ外の鳥の囀りと、人気のない屋敷が息を詰めた妙に耳につく沈黙、それに二人の体の上を渡っていく、天井を見つめている二人に自分たちが全裸であることを思い出させる空気のさざ波だけ。一枚の白いお皿にのった二尾の魚、と彼女は思った。サイドボードに用意されて、お客たちを待っている二尾のピンクの鮭。結婚式の招待客かも。絶対にやってこないお客たち……。

彼女は迂闊なことを言ったり尋ねたりしたくなかった。ひょっとすると二人は永遠にこのままでいられるかもしれないという一縷の望みを断たれたくなかった。

こういうのを「寛ぎ（リラクセーション）」というのだな、と彼女は思った。これは普通、メイドの語彙に入ってこないことばだ。もう彼女は、メイドの語彙に入ってこないようなことばを数多く知っていた。「語彙（ヴォキャブラリイ）」ということばも、そうだ。戸外で巣作りに励む鳥のように、彼女はことばを拾い集めた。第一、彼女はまだメイドなのだろうか。こうして彼のベッドに身を横たえているというのに。そして彼はまだ「主人」なのだろうか。これこそ、裸体の持つ魔法、裸体の政治力学だった。

これは「寛ぎ」以上だ。これは「平和（ピース）」だ。

彼女は片手で、つまり煙草を持っていないほうの手で、目はやらぬまま、彼の湿ったペニスを軽く払い、すると途端にそれが、眠っているひな鳥のようにぴくりと動くのが感じられた。まるでそんなことをずっとしてきたみたいな手つきだった。手持ち無沙汰な公爵夫人が小犬でも撫でるみたいな。今し方までその同じ手が、この初めて入ったベッドの頭上に並ぶ真鍮の縦棒の一本を逆手に握りしめ、もう片方の手は、手のひらは開いて、しかし指先をめり込ませ、彼の腰の、ちょうどペニスが脊柱に接合していると思われるところを強く押していたのである。彼女が彼に命令していたのだ——これ以上に厳しい、これ以上に有無を言わさぬ命令がほかにあるだろうか。けれども、その前は彼が彼女に命令した——さあ〈正面玄関(フロントドア)〉を。

今になると、さっきの自分たちの行為は、この完全なる相互裸体性という至高の境地への入り口にすぎなかったのではないかと思われた。

平和。それはすべての日について言えること、どの日についても言える当たり前のことだった。しかし、この日はどんな日よりもそのことばが当たっていた——こんな日はかつてなかったし、今後もなく、再びある可能性すらないのである。

吸っている煙草が短くなってきた。彼女は小さな灰皿を——まさか断らなくてもいいわよね——二人の間のシーツの上に移した。これはわたしのお腹ですからね、と言ったってよかったのだ。テーブルとは違うんですからね、ここで灰皿をぐりぐり使われるのは嫌よ。もっとも、実際そうされたら気持ちいいと思ったかもしれなかった。そして彼女は、あのひんやりとお腹に載った灰皿のことをいつまでも思い出し続けることになる。

そうしてしまってから、こんな潔癖な、生意気な、態度をとるんじゃなかった、何もしなければよかったと後悔した。

彼は煙草を口から外し、そのまま自分の腹の上に真っ直ぐ立てて持った。

「一時半にあれに会わなきゃならない。ボリンフォードのスワンホテルで」

そう口を動かした以外に動いたわけではなかったけれど、それでもまじないが解けたかのようだった。いずれにしろそれは、当然予期されたはずのことだった。ただ、ひょっとしてその「当然」を魔術的赦免により超越したかもしれないと思っていたのだ。今日一日の終わりまで？　だって一日の一部が永遠に続くはずはないだろうから。（それとも、可能性はある？）人生の一部が人生の全部になるはずはない。

彼女は身動きしなかったけれど、内側では変化したかもしれなかった。目に見えなくてもいつもの服を再びまとったみたいに。もとのメイドに戻りつつさえあるみたいに。

しかし彼もまた身動きせず、あたかもじっとしていることによって、たった今の自分の発言に抗い、それが偽りであることを証明しようとするかのようだった。約束したからって守る必要はないだろ？　そんなこと誰が言った？　したくもないこと、する必要ないだろ？　ただここに寝転がって無視すりゃいい。

それに「あれ」と言った――「エマ」と言わずに。それは侮蔑の念を二人で共有するのに似ていた。それに「なきゃならない」だった。

彼の煙草はもうじき終わりそうだった。

彼も動かず、彼女も動かなかった。まるで、実は誰の口も開かれなかったかのように。けれども同時に、彼女の側がほんのちょっとでも体を動かしたら最後、音や声を出そうものならなおのこと、発言の事実を認めることになり、その結果として彼に実行の義務を負わせることになるかのように。

何といっても、こちらから意見を言ったり、提案したり、じっと待つ以外のことをする筋合いではない。目に見えないメイドのお仕着せをすでに再び身につけていた。数年にわたる訓練によって、習い性となっている。あの人たちは、気まぐれな、むら気な生き物だ。優しいことばをかけてくれていたかと思うと、次の瞬間――。噛みつかれそうになったり、吠えかかられたりしたら、飛びのかなくてはならない。というより、ひらりと飛び越えたい。慌てず騒がず、顔色を変えず。はい、ご主人様。はい、奥様。そして常に――これが大切なこつ――心の準備をしておくこと。

次に思いついたのは、立場を逆転させて考えることもできるということだった。今日は上と下とが入れ替わる特別な日だ。自分はこうしてこの人の部屋でベッドの上にこの人と並び、まるでこの人の奥様みたいだ。ところが、この人は厚かましくも奥様に向かい、うるさい妾に会いにいったものかと相談している。世の中には、ことにこの人の種族には、本当にそんなことをする夫婦だっているのかもしれない。そして実際、事態の本質はそういうことなのではないか。この人はまだ結婚していないのだ、どちらとも。わたしとエマ・ホブデイは対等なのだ。

彼は口を利かずにいた。いくら時間を守らねばならない旨の発言をしても、そのあと十分に長く沈黙すればすべてご破算になるとでも言うように。そしてその種の几帳面さを平気で馬鹿にできる人なのだ。二股をかけるのも平気。騙したわけじゃないだろ？　然るべく振る舞わなかっただけ。これが俺のやり方さ——品行方正ではないが、そのことについて嘘はつかない。

そして彼は、鷹揚にもエセルとアイリスを駅まで送ってきたのだ。

そして彼女は、どこかの並外れて辛抱強い奥様と違い、「なら、いらっしゃったほうがいいわ」と言うつもりはない。この人、本当にそう言ってもらいたいのかしら。

彼の沈黙が長くなれば彼女の力が増し、彼が折れることになったって不思議ではなかった。しかし、「でも今日は一日ゆっくりしてられるね、ジェイ。だろ？」と彼が言う潮時は過ぎようとしていた。そう言って、さっきまで灰皿の置いてあった場所か、それより少し下に手を置く潮時は。

どうやら避けられないらしい。彼は約束の場所に出かけ、ホブデイのお嬢様と昼食をとるだろう。ひょっとするとさらに、どうかして、食事のあとで、婚約者同士ならしても不思議でないことをするかもしれない。もしも二人がそういうことになっているのなら。そのためにここへ連れて戻ってくる可能性だってある。同じこの部屋へ。彼の「つがい」がいつ帰ってくる予定なのか、それは尋ねていなかった。その心配は彼に任せてある。ヘンリーに行ったあの人たちは、まだ昼食の席にもついていないだろうけど。

そして今や急に彼自身の昼食の予定が空気に漂い始め、けれども二人の服はまだ一緒くたに肘掛椅子に放り出されていて、二人のひと時はすでに過ぎ去りかけていた。もう、彼はあまり時間がない。

ひと時？　ひと時と言うのは寂しい。二人の一日？　彼からの贈り物？　どうよぼうが、それは逃げかけていた。すでに正午を回っていた。彼は小さな置時計でか、それとも銀の懐中時計でか、起き上がって煙草を取りにいった化粧台で時刻を確かめたに違いなかった。

しかし、そもそもここにいなかった可能性もあったことだけは変更不能な真実だった。そして、そう、わたしは感謝すべきだ。未来永劫、感謝すべきだ。「二人にきちんとさよならをしたかったんでね」今頃、自転車でバークシャーをめぐっていたかもしれないのだ。

そして彼は、同様の手口で、最初から「あれ」をここによぶことだってできたのだ。あの電話はホブデイ邸にかかっていたかもしれなくて、「あれ」が受話器に向かい、わたしみたいに狡猾な演技をしなければならなかったかもしれない。一体、普段、二人はそんなふうにして連絡をとるのかしら。それからここに現れる。車で砂利をばりばり言わせて、「エマ車（モビール）」で。今、ここに、あの人が彼と一緒にいたかもしれないのだ。

でも、彼女にはそれが想像できなかった。あの人の花柄のドレスが、そしてあの人の絹の下着が、あの椅子に掛かっているなんて。わたしこそが現にここに身を横たえている人間なのだ。だから、感謝すべきではないか。たとえこの人が、あとでもう一人の人とここに並んで身を横たえることになるとしても。一日に二人と。そんなこと、できるのかしら。一時半にスワンホテル。でも、彼女にはそれが想像できなかった。

けれど、もしもこの結婚が何らかの意味で政略的に取り決められたものならば、その取り決めには、まるで壺か何かとの結婚であるかのように、花嫁となるべき人は瑕一つない、手つかずの処女であること、という一条があるかもしれない。と、そんな考えが脳裏をよぎった。そして、それはありそうにないことだったけれど――この人が壺なんかと言い交わすだろうか――、この考えに幾分かの真実が含まれているか、それともほかに何か理由がなければ、間近に迫った結婚に対するこの人の冷淡さは説明がつかないだろう。今、この人がベッドの上にわたしと並んでいることが、明らかな事実でないというのであれば別だけれども。

いずれにせよ、ほとんど反抗するかのようにただじっとしている数分間ののち、彼は突然手足を過剰にばたつかせて動きだした。マットレス全体がボートのように揺れる。彼はシーツの上を滑りだした灰皿を拾い上げ、そこに短くなった煙草を荒々しく押し潰した。

　そしてそのときだった。この大揺れに抗して片膝を立てたときだった。脚の間からちょろちょろと流れ出るのが感じられた——彼の種がわたし自身の体液と一緒に体を出ていった。「種（シード）」以外のことばも知っていたけれど、「種」ということばが好きだった。それはいつ出てきても不思議ではなかったのだが、ちょうどそのときに、例のしみ出すような悲しみを伴って、出てきた。まるで素早く仕返しするみたいに。どう、これでここに戻ってきづらくなったでしょ。あとで、あの人と。あの、花みたいな人と。もしも、そういうつもりだったなら。

　もちろん、彼に今すぐ言いつけられれば別だけど——わたしは彼のメイドではないけれど、メイドには違いないから——シーツを替えろと。

争うのは見苦しい。それは結婚式で誓いを立てたり召使いを抱えたりしない動物たちのとる手段だ。動物は匂いつけをして縄張りを主張する。

　それにもう彼が立ち上がり、気持ちもほぼ固まったらしい今、「お願いだから行かないで。ね、わたしを置いてかないで」と言い出すつもりもなかった。そんな愁嘆場の演じられる上層の世界から彼女は締め出されている。いずれにせよ、そんなめそめそした態度は下層の人間らしく軽蔑していた。別の、もっと静かだけれどもっと怖いことばを使えないわけじゃなし——でも自分は妻ではなくて、まるきり逆みたいな立場だけど。ことばじゃなくても、矢のような視線を飛ばすのもよい。

　ともあれ、脚の間からちょろちょろと流れ出ていた。

　彼は部屋の奥へ歩いていく。時刻を確かめに行くだけかもしれない。今一度、彼の無愛想な裸体の全貌を見ることができる。やっぱり、服を着ていないと歩き方が違う。動物の歩き方になっている。

　化粧台のところでくるりと彼女のほうへ向き直る。手には懐中時計を握っている。彼女のほうは動かない。動く勇気がなかった。彼に考え直させる材料といったら、理論的には誘惑的であるはずの立てた膝、彼女自身の一糸まとわぬ裸体だけだった。その景色を彼は目に取り込んでいた。今一度、はにかむふうもなく見つめ、はにかむふうもなく自身を晒した。ペニスは少し膨らみかけていたけれど、まだ力なく垂れたままだった。そして慣れた手つきで時計を巻きはじめた。こちらを見つめたまま、手もとに目を落とさずに竜頭を回している。

「まだ四十五分になってない。飛ばせば間に合う。ちょうど中間地点で会うわけさ、スワンホテルだから。あれもホテルの人を知っててね。あそこにしようって、あれが言ってね」

　ボリンフォードのスワンホテルのことだとか、そこまで車でどのくらいかかるかとか、ビーチウッド邸のメイドであるわたしが知るはずもないのに。でも、ヘンリー組の人たちは知ってたのかしら。若いのは二人だけで昼食だそうじゃないか。まあ、許してやれ。午前中ポールは法律の勉強だったんだ、感心じゃないか。

けれど彼には、まずは服を着ること、身なりを整えること、再び外見をこしらえることという一仕事があった。かといって、急いでそれに取りかかるふうではなかった。彼女のことをじっと見て、視線を上へ下へと動かしている。当然、彼女の脚の間にできた小さなしみにも気づいたに違いない。

本当は急いでいても、慌てたり焦ったりしている様子を見せたことのない人だ。もっとも、そうはいっても——けれど突然それが遠い昔のことに思えてくる——十代半ばの彼のせっかちはなかなか治らなかった。ときどき彼に向かって「もっとゆっくり」と言ったものだ。まるで自分は経験豊富であるかのように、「ゆっくりのほうがいいの」などと言いさえした。

今では、二人とも経験豊富になった。この人にわたしのこと以上によく知っている女性はいないはず。それは間違いないし、それはわたしも同じことだ。今わたしを見ているこの人の目がその証拠。見つめ返すわたしの目にもそれは現れているだろう。

見つめ返す彼女は涙を堪えるのに苦労した。涙を堪えないこと、涙を使うことは、なぜか、しくじることにほかならないとわかっていた。自分は気丈に、気前よく、容赦なく、最後にただ一つ贈ることのできるこの自分を彼に与えなければならない。

この人、いつか忘れてしまうかしら。こうして横になっているわたしのこと。

そして、本当に彼は急がなかった。窓から差し込む日の光が彼を照らした。影が一本、二本、胴を輪切りにしている。ようやく時計を巻き終えた。いつかは始めなければならないドライブは、途方もないスピードを出すことになりそうだ。

こんな余裕たっぷりの態度をどうやって身につけたのか、彼女にもわからなかった。後日、彼女は思い返して驚嘆し、あの日に余裕を失わなかった彼のことが怖いという気さえした。あの種族にとっては当たり前のことなのか。それを身につけるべく生まれてきたということか。ほかに特になすべきこともない、余裕綽々でいること以外にすることのない身分に付随することなのか。けれど、そんな境遇に置かれたら、そわそわ落ち着かなくなりそうなものだけど。その一方で、もしも弁護士になったなら、一介の弁護士になったなら——と彼女はなった気分を彼に代わって想像し、弁護士のお仕着せである窮屈なダークスーツに身を包んだ彼の姿を思い描き——この人の綽々たる余裕は奪われてしまうに違いない。

一瞬、彼女は狂ったように考えた。もしあの人が、つまりエマが、ホブデイのお嬢様が、この人をつかまえにきたとしたら、どうかしら。もしあの人が——もう一九二四年、新しい時代だ——ここまで車でこの人を迎えにきてやろうと思ったとしたら。不意打ちして、「猛勉」中のこの人を引っぱり出してやろうと。こんなによいお天気なのだから。砂利をばりばり言わせて。窓の開いているのに気がついて、そこがこの人の部屋だと知っているものだから、上に向かい、花のような——微かに馬のいななきに似た——声を張り上げる。

「つかまえにきたわよ、ポール！　どこにいるの」

そしたら、どうなってたかしら。彼が何とか急場を凌いだだろうことを彼女は疑わなかった。

たとえ、身につけているのがシグネット・リング一つだったとしても。たとえ、窓際に立っていたとしても。「やあ、エムジー！　驚かせてくれるなあ！　ちょっと待ってくれるかい、シャツ着るから」

そして、なぜかシェリンガム邸にいたニヴン家のメイドはどう凌いだだろう。

彼の立っている横の化粧台には、指にはめたリングを除く彼の生活の小道具が残らず並んでいた。思い出の種もあれば実用の道具もあり、その一つひとつが彼の場合は公然の宝物みたいなものだった。ヘアブラシに櫛。箱に入ったカフリンクスや飾りボタン。銀のフレームに収められた写真。至るところに銀があり、それらを常に輝かせておくのはエセルの仕事だった。メイドは年がら年中拭き掃除をして回り、もちろんこうした小物は拭くだけでなく磨き立て、でも何一つとして所定の位置からずらしてはならない。まあ、ご婦人の化粧台に比べれば簡単だけど。

こんなものを、こういう自分のしるしみたいなものを身につけて育つと、余裕のある人間にもなりやすいのかも。その上、隣の化粧部屋にあれだけの衣装を持っているのだもの――急き立てられてこの部屋に入ってきたとき、ちらっと見えた。ずらり吊るされて選り取り見取り。その上、一家の所有する品々が家じゅうに点々と置かれているのだ。

彼女の所有するもの、すなわち彼女が身につけるものは、簡単な箱一つに入る。慌てて出ていかなければならなくなっても、そしてその可能性は常にあったけど、いつだって出ていけた。

しかし、そんな細々とした男性の装身具が、今は彼を要求し、彼の気持ちを固めさせるように見えた。シグネット・リング。懐中時計。カフリンクス。着衣を終えて出発する前に、彼はイニシャル入りのシガレットケースとライターを手に取るだろう。髪にヘアブラシをかけ、鼈甲の櫛を通すだろう。彼の二人の兄も似たような一式を携行して——たぶんその大部分は餞別として新たに買い与えられたものだったろう——フランスに渡り、帰らぬ人となったに違いない。象牙の柄のひげそり用ブラシとか、そんなものを。二人の兄は今、化粧台の上の銀のフレームの中にいた。部屋に入った瞬間に気がついた。あれがディックとフレディに違いないと。二人とも将校の軍帽をかぶって。二人に会ったことはなかった。会えっこなかった。

さっき彼のお兄さんたちの顔を見ながら、彼に服を脱がされた。


くぐもった足音を立て、まだシグネット・リング一つの彼が部屋を出て浴室へ行った。長くは行ってなかった。男の人がどうするのか知らないけど、体を洗い流すだけでいいのだから。つまり、あの人についたわたしの直接的な痕跡をきれいに取り除けばいいのだから。のちに彼女はこのことについて考えることになる。

彼のいないわずかの間、部屋に圧迫されるような気がした。お前は家具調度の一部なのだと部屋に言われているような気さえした。彼女は身動きしなかった。まるで無生物のようにじっとしていた。それでいて全身の肌がちりちりした。きみも動き始めてくれなくちゃ、こっちが立ち上がった以上、きみも同じようにするのが当然じゃないかというような素振りを彼は見せぬまま出ていった。むしろ、その逆だった。再び姿を現して、梃でも動かぬ風情で横になったままの彼女を見ても、一向に驚かなかった。それは予期していたこと、望んでいたことでさえあるらしかった。

　戻ってきたときは香水をつけていて、普段ならよい匂いと思うところだけど、もっとよい彼の汗の匂いを消してしまった。このことについても、つまり彼がコロンをつけたことについても、のちに彼女は考えることになる。けれども、彼はまだ裸で、急ぐ様子はなかった。手には化粧部屋から取ってきた洗いたての白いシャツと薄いグレーのチョッキ、ネクタイがあったけど、あとは椅子に投げ出されている服で今日の装いが完成するらしかった。着衣を化粧部屋で済ませてくることもできたはずだった。でも、こんなふうに窓から差す光の中、三面鏡のついた化粧台の前で服を着るのがいつもの習慣で、化粧部屋は衣装置き場にすぎないのかもしれなかった。

　けれど、出支度をしているくせに、彼女から引き離されたくないふうだった。なんだかすべては彼女のためのようでもある――服を着るところ、徐々に裸体の消えていくところを見せているようでもある。それとも、何の頓着もないのか。余裕綽々、超然として、不可解なまでに悠揚として迫らない。一緒に出るべきかしら。しかし、彼は何も言わず、彼女は今やそう命じられたかのようにベッドから動かず、彼は服を着ながらも目を彼女の体の上に這わせている。

脚の間のちょろちょろに彼も気づいたはずだった。しかし、気づいても気づかぬところがまた、彼一流の品のよい尊大さなのだった。ちょうど脱いだ服は床に脱ぎっぱなしにして差し支えなく、自然と彼の手もとへ帰ってくる、すなわち自動的に洗濯され、アイロンをかけられ、化粧部屋に吊るされるのと似ていた。これらのことは、これらのことを片づける人々によっていつの間にか片づけられる種類のことなのだ。そしていつもの彼女はそういう人々の一人、こうした粗略な振る舞いを可能にする魔法の軍団の一員だった。まさか、出かける前にわたしに言いつけるつもり？　シーツを替えていけと。そしてわたしは安っぽい女になって、わたしあなたの召使いじゃありませんからと言うのかしら。

けれども、彼に見られているうちに――犯行の証拠のしみも見ていると思うけど――、そんな浅ましいいさかいはさらさら彼の念頭にないことがわかった。何か別の種類の無頓着さがこの人を支配していて、シーツのしみのような小事には拘泥しないらしい。どっちにしても、消し去るべきはしみなのかしら？　このベッドからわたし自身を――わたしはしみとは違う――消し去るべき？　いいえ、この人はわたしにここにいて欲しがっている。これがまた別の人生だったら、これが通俗的な喜劇だったら、ちょこまかと服装を直しながら早くも階段を駆け下り始めているというのがわたしの役どころだったかもしれないのに。そう、出かける前にここにいるわたしを見ておくこと、わたしをここにいさせておくこと、自室のベッド上に裸のわたしを――ひょっとして――固定しておくことにより、その情景を目に焼きつけて、あの――壺と会っている間も脳裏から離れないようにすること、それが彼の願いなのだ。

自分はここに身を横たえていることによって、正しいこと、一番よいことをしているのだ。それを彼女は理解するのと同時に、自分がここに身を横たえていることが彼の出発を阻止するための説得にも嘆願にもなり得ぬことをも理解した。彼はどうしても出かけるらしい。そして、わたしには量りかねる何らかの理由から、こうして裸を誇示しているわたしに自分が服を着るところを見てもらいたがっている。自分の生きる人生を再び身にまとうところを。

なぜこの人は、こんなにぐずぐずしているのだろう。

部屋は今やありったけの光と季節外れの暖気とに満たされていた。懐中時計の針は一時に近づきつつあるに違いない。もう過ぎたかも。今時分、膝の上に本を開いて座っていても不思議ではなかったビーチウッド邸の庭でも、日時計の針の落とす影がじわりじわり、だいぶ回ったことだろう。両脇を二人の兄たちに守られた化粧台の小さな置時計は、ここからでは文字盤が読めない。

かつてこんな日があっただろうか。この先、こんな日が二度とあるだろうか。

彼女は気づいた。汚れ――ちょろちょろの作ったしみ――の後始末はエセルの仕事となる。彼女は想像した。エセルは今頃、ビーフの塊肉を焼く、いかにも高価な匂いの立ち込める家の中で座っていることだろう。冷製のハムくらいでよさそうな、こんな暖かな日に。あなたはここに座ってらっしゃい、腰を上げちゃ駄目よ、何にもしないでちょうだい、今日はあなたのお休みの日なんだから、と母に命じられるままに座っていることだろう。今日は何から何までいつもと違うのだ、特別なのだ。「ちょっとお父さんとお喋りしてらっしゃい、エセル」もしエセルにまだお父さんがいるならば、つまり無事戻っているならば、だけれど。家族が再会し、母親に敬意を表するこうした数時間のために、エセルの母は台所で奮闘し、エセルの両親は以後一週間をパンと肉汁だけで我慢するのだ。

けれども、数時間後に務めに戻るエセルは——ちょうど同じ頃に爽快な疲労感を得て晴天下の遠出から帰館した「つがい」の世話に忙しくなるかもしれないときに——、それまで不在にしていたためにできなかったポール坊ちゃまの部屋のシーツの交換をすることになり、そのとき汚れに気づくだろう。こうしたことにエセルが気づく程度に、だけど。それというのも、こうしたことに気づくのと同時に、手早くそれが端から存在していなかったように見せることがエセルの仕事であるからだ。

ほんの数時間前は王女のようにローストビーフと向かい合っていたエセルでも、これが何のしみかはわかるだろう。寝室でしみに出会うのはエセルやわたしの種族の共通した宿命なのだ。あまりによく出会うから、この種のものを使用人部屋のことばで「出会い（カム・アポン）」とよぶことがある。表現はほかにも創意に富むもの富まぬものいろいろで、「英国地図」もその一つだ。仕事上やむを得ず話し合わねばならぬときなど、正式名称で「夜間射出」とよばれることがある。もっとも、この用語では、すべてのしみの原因を言い表すことはできないし、十六歳の新人メイドが十全に理解することは必ずしも容易でなかった。小さな男の子は——あまり小さくない男の子も——夜間射出をおこなうから、もう少し遠慮していただきたいものだという気持ちはさて置いて、その形跡を迅速に消し去らねばならない。

ジェーンの場合、これらの知識はビーチウッドにやってくる前に聞きかじった。「教育」の一環として、また一種の仮退院期間として、夏の来客に備えて臨時雇いを必要とした大邸宅に短期派遣されたときのことだ。メイドが全部で五人いて、そのうちの何人かのお喋りときたら、それはもう……。

射出の中には単独でおこなわれず、直に外への射出とならないものも多いのだが（また必ずしも夜間とは限らないのだが）、大抵のメイドは推理力を働かせていずれの類型であるか判定することができたし、また推理力をさらに働かせて、射出への関与者について結論を導き出すことさえあった。だが、それを口にすることはおろか、素振りに見せてもならないのだ。それでもこれは、メイドの仕事に興を添えてくれる事柄の一つだった。様々なしみ、様々な組み合わせ。二十四人の客を招いての夏の泊まりがけパーティー。いやはや。

そしてエセルでも、推理したり結論したりするだろう。もっとも、尋ねられれば、頑として、いいえ、これまで推理する必要も結論する必要もございませんでしたと言い張るだろうけど。そしてエセルの結論は、屋敷に人がいなくなった(はずの)時間帯をポール坊ちゃまが利用して、婚約者であるホブデイのお嬢様を自室で歓待したというものになるだろう。あの二人ならそんなことをしても許されるという、ただそれだけの根拠からかもしれないけれど。二週間経てばこんな手の込んだ真似をしなくても済むのだから、もう少し待てなかったのかなということは別にして。このことからホブデイのお嬢様がどんな女性かが窺われるということは別にして(ポール坊ちゃまのことをとやかく言うつもりはない)。

エセルは人を批判する立場にはない。囁き伝えられる通念に立ち、さらに推理の力を働かせて、少なくともホブデイのお嬢様がある種の女性であるということをエセルは了解したかもしれない。つまり、坊ちゃまがお嬢様をアプリィ邸へ招いたについて、処女の花を散らすという特別な目的があったわけではないということを。しかし、いずれにせよ、洗濯籠に入れるべく早くもシーツを抱え上げたエセルは思ったことだろう。ポール坊ちゃまが多少なりともこのしみのことを考えたとしても、こんなしみ一つ、よい妖精のエセルが跡形もなく消してくれるさと、何の心配もしなかったに違いないと。

ただ、現実には、状況が――屋敷全体の雰囲気も一家の必要とするものも――一変してしまう。少なくとも、エセルが母と楽しい時を過ごしてきたかどうかについて関心を寄せる者はいなかった。過去においてもそういう者がいたか怪しいにしても、とにかくこの日は誰もいなかった。いずれにせよ、エセルはすでにシーツを交換し終えていたはずである。

男性が服を着るところを見るのは初めてだった。仕事上、男性の服に手を触れることは多かったし、あの大邸宅で過ごした夏には、男性一人が所有し得る衣類の驚くべき多種多様さと、その複雑に入り組んだ構造を集中的に学んだにしても。これまで頻繁に、そして妙にいろいろな場所(馬小屋、温室、納屋、植え込み)で、ポール・シェリンガムの着衣を遠慮なくまさぐり回したにしても――もちろん、自分の着衣も相手にまさぐり回されて構わないというのが条件、というかむしろ前提だった。

彼はまずワイシャツを着た。化粧部屋から持ってきた洗いたての白いシャツ。着る、というより体を通すために、ちょうど女性がシュミーズを頭からかぶるときのように、シャツを頭より高く持ち上げた。シャツを最初に着るとは思わなかった。しかし、紳士の着衣の動作一つひとつには、所定の手順と個人の好みとが混じり合っているに違いない。何しろ、「昔」は下僕が主人に服を着せることもあったのだから。ちょうど彼女が、今でもニヴン夫人を「戻す」ばかりでなく、夫人に「着せる」ほうも求められることがあるように。

いずれにせよ、彼の種族では、着衣と無造作に服を引っかけることとは同義とみなされない。着衣とは厳粛なる組み立てなのだ。今の彼の状況なら、大慌てで服を引っかけて飛び出していって何の不思議もないけれど。これが別の物語の別の男だったなら、半狂乱でズボンを引っぱり上げシャツの裾を突っ込みながら、「うわあ、ジェイ！　急がなくっちゃ」とわめいていたかもしれない。

しかし、最初にワイシャツ。これは意外だった。なぜなら、それはたちまち威厳を失うことを意味するからで、そして威厳こそ、彼が決して慌てぬことによって保とうと心に誓っているものに思われたからだ。そこがあの人は上手かった、と彼女はのちに思うことになる。ポール・シェリンガムは絶対しくじらなかった。彼女との関係では、恰好悪くなることを徹底的に拒絶することにより、ついに恰好悪くなることがなかった。威厳を失い、再びそれを取り戻すことが何べんもあった。けれど、どんな男でもシャツ一枚の姿では必然的に滑稽な存在と化すのであって、これが何か別の物語であったならば、たぶん彼女はくすくす笑いだしていただろう。

基本的な選択肢は二つに違いないと思った――待ち受けるズボンの中へワイシャツの裾を押し込むか、待ち受けるワイシャツをズボンで包み込むか。それぞれにそれぞれの利点があるのかもしれない。けれどもこの瞬間、彼は道化師のように見えた。これから世間（とぷりぷりした婚約者）に立ち向かう大人の男というより、寝支度を整えてもらった体ばかり大きな男の子に見えた。

かつてはそのとおりだったのだろう、と彼女は思った。寝巻（ナイトシャツ）を着た男の子。一度、話してくれたことがある。珍しく過去への扉が開いたのだ。子守りのベッキーのことを。彼が寄宿学校へやられたときに辞めたそうだ。かつては子守りがいて、服を着せたり脱がせたりしてもらっていたのだろう。兄弟三人ともが世話になったのだろう。

それにしても、子守りとは何て奇妙なもの。母親代わり。家の子どもを夕方五時に両親の前へ連れていき、おやすみなさいの挨拶をさせる。まるで料理番が焼き上がったケーキを披露しにいくみたいに。それで子守りのベッキーは今どこにいるのだろう。きっとどこかよその家にいる。今日はお母さんのところかしら。

ワイシャツ一枚の彼にくすくす笑いだしはしなかった。ベッドの上という偉そうな場所から、くすくす笑いをしていたらよかったのかもしれない。別の世界、別の人生が開かれて、そこではそんな場面が日常的な当たり前のものになっていたのかもしれない。でも、そうはならなかった。彼女はロンドンの一室で寝転がったままの妻で、彼が服を身につけていくにつれ、冗談にしか思えない弁護士になっていくのを眺めていたかもしれないのに。

二人はしばらく口を利いていなかった。少し前にはあえぎ、うめき、動物のような声を上げていた。そこからさらに落ちていって、彼女が後年になって初めて知ることばを使うならば、「身体言語」のみが用いられる存在形式の隙間に二人して入り込んだかのようだった。口を利くことができるのは自分の体だけ。彼女は何一つ改竄したくもなければ、無効化したくもなかった。だから、ことばで表現するという愚を避ける。そしてこのことは、後年も、彼女の職業上の永続的難問となるのである。

今、二人のうちのどちらかが口を開けば、すべてを台無しにする平凡なことばしか出てこないように思われた。ちょうど今、彼はパンツと靴下という平凡に取りかかっている。

けれども彼は盛装をする。洗いたての白いシャツ。それも襟を取りつけなければいけない本式のシャツだった。日曜の遠出に幌を畳んでドライブするなら、清潔でありさえすれば芯のない柔らかい襟のシャツで構わないのに、それではない。当時でさえもいささか古めかしくなった意味での「よそ行き（サンデー・ベスト）」だった。見ていると、彼は眉一つ動かさず指先巧みにカフリンクスをつけ――二つの小さな銀の楕円が日の光を受けてウィンクする――、それから飾りボタンで半堅（セミ・スティッフ）の襟をつけた。持ってきたネクタイは灰色がかった青の地に小さな白い水玉模様の地味ながら光沢のあるものだった。ネクタイピンを選んでいる。あれって本当の、本物の、ちっちゃなダイヤモンドかしら。あごはもうすべすべになっていて――すべすべになったあの人のあごを触ったこともあった――、今はコロンがすり込まれている。

まるでご当人の結婚式の日みたいに服装を整えている。でも、結婚式ではない――今日はまだ。未来の妻と落ち合って昼食をとるためテムズ河畔へ出かけるだけだ。そしてもし、約束の時刻に大幅に遅れることが今やほとんど確実と思われるとすれば、こんなふうにめかし込むことはかえって逆効果ではないか。

ネクタイも念入りに結んだ。結び目と垂らす長さに十分注意して、最後にネクタイピンを留めるのだが、この間もまだズボンを穿かない状態である。彼女は笑わなかった。笑えなかった。けれども、このちょっとした笑劇場に実はすべてがかかっていたのではないかと彼女はのちに思うことになる。彼がズボンを穿いてしまえば、すべては失われる。あのとき、あの人に言っていれば。あの人に向かって叫んでいれば。「それ穿かないで！」

しかし彼は今、再び化粧部屋へ行き、そこで数分も（時間が止まったとでも思っているのだろうか）がさごそやってから戻ってきた。ズボンを穿き、上着もつけ、靴も履き、胸のポケットからネクタイと揃いの絹のハンカチまで覗かせて。

つまり、ズボンを決められずにいたってこと？　さっき脱ぎ捨てたのにするか、化粧部屋に吊るされているのにするか。彼女には一生、わからない。一生、言うこともない。もう言うことができないのだ、「ズボン穿くのにずいぶんかかったのね」と。そして彼が何か気の利いた受け答えをしたり、縷々説明したりするのを聞くこともない。

「うん、ジェイ。かかったね」

それにしても、へんてこりんなことばだ、「ズボン（トラウザーズ）」って。

目の前に一分の隙もない彼が現れて、シガレットケースとライターを手に取った。足りないものがあるとすれば、ボタンホールに挿す花かしら。下のホールに白い蘭がある。本当に自分の結婚式に出かけるところみたい。今日ではないけれど、とにかくこの人はその予告をしていて、こんなに手間暇かけて身づくろいしたのはそれが言いたいのかもしれない――僕は出ていく（のよね？）、結婚するために。こんなに長時間かけたお洒落の受け手となる女性に嫉妬して、彼女は胸を締めつけられた。失礼な人ねと、その女性が怒り心頭に発していなければだけれど。

片やここに寝ているわたしは、この人のいわば包装を剝いだ裸をもらった。

そのとき、ひょっとして実はすべてがわたし一人に向けられたものだったんじゃないかという気がした。最後に一目、わたしに見せるため。この人の「旅立ち」の装いを。でもまさか、そんなことは。それでも、思わず――口を開いたのはしばらくぶりだった――「とても立派」ということばが出た。どこかのメイドが顔を赤らめながら、身の程を弁えずに「まあ、ご立派でございます、ご主人様」とすり寄るみたいにも、かといって女王が「よし合格、下がれ」と承認を与えるみたいにも聞こえないように気をつけた。自分としてはそのつもりで言った揺るぎない婉曲的告白にも聞こえないように気をつけた。

彼はお返しに、「きみもきれいだ」と言わなかった。そういうことを言ったことがなかった。「きれい」ということばを使ったことがない。使ったのは、「友だち」ということばだけだった。贈られた賛辞に対し顔に微かな不快の色を浮かべさえしたように、彼女の目には見えなくもなかった。

ありふれたことばだけが役に立つ。ぶち壊しだが、役に立つ。今、彼の口からありふれたことばがとうとうと流れ出た。

「きみは急がなくていい。つがいが帰ってくるのは早くて四時だろう。出ていくときは玄関ドアに鍵をかけて、鍵は泥落としの横の石の下に隠す。本当は石なんかじゃなくてパイナップルの彫刻の半分でね。フレディがクリケットのバットで引っぱたいたら真っ二つになっちゃったのさ。とにかくそうすることになっている、家に誰もいなくなるときは。滅多にないことだけど。きみがまだいるから僕は鍵をかけない。でも、今日はエセルもアイリスもいないから、つがいはいつもの場所に鍵があると思ってるからね。つがいのほうが先に帰ってきたらだけど。馬鹿でかい鍵で、つがいも持ってってないはずなんだ。ホールのテーブルの上に置いとくから。頼むのはそれだけかな。あとはほっといていい」

ほっといていいって、シーツと椅子に掛けてあるシャツと却下したズボンのこと？　ほかに何があり得るかしら。メイド仕事を始めるなって言ってるの？　話す間、彼はネクタイの結び目を触ったり、ワイシャツの袖口を引っぱったりしている。

「お腹が空いたら、調理場に子牛肉とハムのパイが一皿ある。一皿の半分だな。アイリスには僕が食ったって言えばいいんだから。その——僕は外にも食べに行くわけだけど。第一、誰に何を言う必要もないんだ。何も」

これが彼の最後の、妙に耳に残ることばだった。これって、子牛肉とハムのパイのことだけを言ってるのかしら。

そしてのちに彼女は、子牛肉とハムのパイのことばかりでなく、その事務的な言いつけのほとんど一言一句を反芻することになる。ことばが薄気味悪いほど深く心に刻まれることになる。けれども、まさにそれだからこそ、すべて自分ででっち上げたような、五十年も経って自分がこんなにはっきりと覚えていること全部を、あの人が言ったはずがないというような気のすることもあった。ひょっとすると、あの人はこう言っただけかもしれない——「さあ、服を着て。帰った、帰った」と。

彼女は書き直す必要のある文章の一節、まだ然るべき意味を獲得するに至っていない一節に向かうように、彼のことばについて思い悩むことになる。

そして彼は行ってしまった。さよならも言わず、馬鹿げたキスもせず、最後に一目見るだけで。まるで彼女を最後の一滴まで飲み干すみたいに。そして彼女に授けたのだ、自分の家をまるごと。きみに残していく。きみのものだ、楽しんでくれ。お望みなら、家じゅう漁ってもらって構わない。まるごと、きみのものだ。そういえば、帰る家のないメイドがマザリング・サンデーに仕事から解放されたとき、できた時間で一体何をするのだろう。

じっと聞いていると足音が階段を下りて遠のいていく。それから音がまた大きくなり、ホールのタイルの上をこつこつ歩いては立ち止まっている。家を出る前に一つ二つ何か要るものがあるのかしら。帽子? ボタンホール用の花? あり得なくはない。上着のポケットにいつもフラワーピンを忍ばせているのかもしれない。さっき言ってた鍵を探している?

彼女は身動きしなかった。体がすくんでいた。玄関ドアが——両開きのドアが——開いて閉まるのが聞こえた。わざと立てた音でも、そっと殺した音でもなかった。次に聞こえたのは——家の中を反響して伝わるのではなく、開いている窓を通して外から入ってきたのは——、彼の突然のくすくす笑いだった。いや、あれは本当にくすくす笑いだったのだろうか。何やらもっと高らかでふてぶてしくて、孔雀の鳴き声を思わせるような奇妙で人をはっとさせる声だった。その声を彼女は死ぬまで忘れない。

靴が玉砂利を踏むざくざくいう音がする。今は車庫になっているかつての馬小屋へ向かって歩いている。正面の壁に立てかけたわたしの自転車が目に入ったはず。あの人から正面玄関と言われていたから、それに玄関ドアがドア自身の不思議な力によって開き始めていたから、あそこに自転車をそのまま立てかけた。目につかないような場所に置いてこなかった。ということはつまり、と彼女は今気がついた。もしホブデイのお嬢様があの人を驚かせようと悪戯心を起こし、今時の婚約中の女性ならしかねないように、自分の車を運転して現れていたら――あの人を驚かせることにはまんまと成功しただろうけど――、お嬢様の目に入ったに違いないのだ、クロスバーのない婦人用の自転車が。そうなれば、ひと悶着あったかもしれない。凄まじい光景が繰り広げられたかもしれない……。そして、もしもそうなっていれば、この日はまるで違ったものになっていたはずなのである。

でも、いずれにしろ、見苦しい場面は避けられないんじゃないかしら、ボリンフォードのスワンホテルで。

様々な場面。実際には起こらず、可能性という名の舞台袖に待機している様々な場面。時刻はもう一時半に近いんじゃないかしら。鳥の合唱が聞こえてくる。ボリンフォードの向こう側、道路上の一地点では、エマ車を駆るエマ・ホブデイがすでに約束の場所に近づきつつあるのだろう。それとも、ひょっとするとホブデイのお嬢様も遅刻かしら。遅刻は女性の権利だから。ひょっとするとお嬢様はいつも癪に障るほど遅刻する人で、その腹立たしい習慣をあの人は当てにしているだけなのかも。あの人が頃合いを計り損ねなければ、二人は何事もなく同時に到着するのかも。

それで簡単に説明がつくことなのかも。

しかし、いずれにしろ、運転中のエマ・ホブデイは、この目もくらむ春の日差しの氾濫を楽しんでいることだろう。車を走らせる気分など、一介のメイドであるわたしの経験の埒外にある。

走らせたことのあるのは自転車だけだ。しかし、束の間、エマ・ホブデイの身になって――手になって――ハンドルを握っているつもりになってみた。ホブデイのお嬢様は、未来の夫がどんなに洒落た出で立ちで待ち合わせの場所に現れようとしているのか、まだ知らないのだ。そして、未来の夫がズボンを穿くのにどんなに時間がかかったかも。

一方、ヘンリーに集まった一行は、前菜のスモークサーモンを食べ終わり、ミリーの作ったものにかなうはずはないけれど、鴨肉か子羊肉のミントソース添えなどを待っているところかもしれない。そして、何とも素晴らしいお天気ですな、式の日もこうなってくれるとよいのですがと繰り返しているのだろう。食堂の背の高いフランス窓が日の光に向けて開け放たれたところが想像できた。芝生の広がった先に川が流れている。すっかりセットされたテーブルが戸外にも並んでいる。いくつもの白い帽子が見える。まるで、結婚式そのものじゃないの。

様々な場面。それらを想像することは、可能性を想像すること、さらには未来の現実を予言することかもしれない。しかし、想像はまた、実在しないものを呼び出す呪文でもある。

車の始動するのが聞こえた。一度、二度、エンジンが吹かされて低く震える。いつもああするのかもしれない。レースのスタート前みたいに。実際、今日はレース並みに飛ばさなければならないだろう。せめてもの罪滅ぼしに。けれども聞こえたのは、石をはじき飛ばしての急発進ではなく、タイヤが玉砂利を静かに押し潰す音だった。それから広々とした二面の芝生とシナノキの並木を左右に見ながら次第にエンジンの回転音を高め、やがて音は弱まって、ついに鳥の声と一つになった。

彼女は身動きしなかった。窓辺へ行かなかった。得意気にエンジンをひと吼えさせると、車は門を曲がって割石舗装された公道へ出た――今朝、身に余る光栄に恐縮したエセルとアイリスをもう片方の車に乗せて走ったのと同じ道。そして、ようやく彼はアクセルを踏み込んだ。

彼女は身動きしなかった。カーテンがわずかに揺れた。彼の部屋に裸の女。どれだけ長いこと動かなかったか自分でもわからなくなるほど動かずにいて、とうとう動かずにいるのが馬鹿馬鹿しくなり、今まで空恐ろしくて動くことのできなかった心持ちが消えていくように思われた。

そして彼女は体を動かした。頭を枕から持ち上げ、両足を絨毯の上に置く。彼がしたように、絨毯の上を裸で歩いた。銀のフレームの中から二人の兄に見つめられる。鏡に映った自分を見る。窓辺へ行く。見るべきものは何もない。バークシャーが広がっているだけ。不可解なことに窓に突然、女の顔とむき出しの胸が現れても、それに気づく者は誰もいない。空はどこまでも青かった。

彼女は部屋の中に戻り、服を拾い集めたくなるのを我慢する。二人で入っていたベッドを見る。上掛けははねのけられ、シーツは波打ち、あの小さくて露骨なしみがある。

彼女はエセルのことを考えた。

様々な射出。エセルは男の子たちの家のメイドだから、不慣れではないだろう。ただ、この小さなしみは不思議に違って見えるかもしれない。男兄弟三人による、様々な射出。そのうちの二人はもういない。もっとも、いるのだけど、銀のフレームの中に。裸の女をじっと見ている。そしてエセルは、男の人の射出の直接の原因となる気分を味わったことがないのではないか、そんな気がしてならない。だからもちろん、射出を体の内に感じ、それが自分の体液と混じり合い、ちょろちょろと体の外へ流れ出ていくときの気分も。メイドは、処女。そしてエセルはもう三十に近いに違いない。両親はものすごい年だろう。でも少なくともエセルには両親がいて、今日は会いに行かせてもらっている。

無益に終わった様々な射出。一瞬、がらんとした明るい空しさだけを、日の光が部屋に充満させているように感じられた。でも、今日、あれだけのものをもらったというのに、なぜこんなに何かを奪われたような、ひとり取り残されたような気持ちがするのだろう。何といっても、わたしはエセルとは違うのに。緑溢れる広い敷地に立つこのお屋敷が、今はまるごとわたしのもので、ニヴンさんのことばを借りるなら、気随に振る舞えるというのに。

彼女は部屋を出た。化粧部屋の前を通り過ぎ、そばにある浴室に入った。そこはちょっとした男性の神殿だった。かみそりとひげそり用ブラシとコロンの瓶を見て、触れたものかどうか考えた。ガラスの棚に並ぶもの一つ残らずに手を伸ばし、いじったものかどうか考えた。洗面台とタオルを使い、とにかく体を洗って拭いた。タオルはあの人が使ったから湿っていて、あとでエセルは何も考えずに片づけるだろう。

彼女は子宮栓（ダッチ・キャップ）を入れていた。買うときはあの人に助けてもらった。だからさっき、あんなにたくさん滴り落ちてきたのだ。こんなものはあの人がいなければ買えないし、実際、わたしが午後だけ休みになったある日、普段から難しいとか恥ずかしいとか意地でも言わないあの人らしく、すべてを事も無げにやってのけた。わたしは一時二十分発に乗ってレディング（バークシャーの州都）で降り、そこであの人と落ち合った。用の済んだあと、二人で映画を見た。

どうやって手配したのか、今でもわからない。ある種の事柄については、あの人のほうがわたしより頭がいいのかも。「医者をやってる知り合いがいてね、ジェイ……」慣れるまでに少し時間がかかったけれど、これはわたしの（二人の）大事な予防策だ。

でも、もしも、と彼女はのちに思うことになる。わたしが妊娠していたとしたら、どうだっただろう。わたしが責任を取らされ――すべてわたしの責任になっただろうし、責任の取り方の一部として即日お払い箱になっただろう――あの人の結婚は予定どおりに運んだのだろうか。わたしはあの人のためにそれだけのことを忍んだのだろうか。

もしも、例えば三箇月前に、わざとこれを入れなかったら。

もしも。

「オランダ帽（ダッチ・キャップ）といってね、ジェイ。ぼくの種がきみの中に入らないようにしてくれる。つまり、必要以上に中に入らないようにしてくれる」

これのどこがオランダなのか、わからなかった。でも、メイドはお仕着せで白い帽子をかぶる。だから、わたしは大きなのと小さなのと、同時に二つ帽子を身につけていたことがある。

そして、「種」。これもまた奇妙なことば。というか、ことばの奇妙な使い方。なぜといって、ちっとも種らしいものではないのだから。種といったら、りんごの種とか、パンの飾りに振りかけるちっちゃな黒い粒々とか。でも、こっちの「種」も本式の、正しいことばの使い方だということはわかっているし、結構気に入ってもいた。それに、あの人が最初に使ったことばだった、わたしが初めて実物を見たときに。「僕の種だよ、ジェイ」もうずいぶん昔のことのような気がする。「僕の種。地面に蒔いて、水をやって、芽が出てくるか試してみよう」どこまで本気で言ってるのか、まるきりわからなかった。

そして今、時は春。種蒔きの季節だ。「人は畑をよく耕し、よい種蒔いて……」

様々な射出（エミッション）。

母は妊娠してしまったメイドだったのだろうか。それだけの話だろうか。母はお腹に入れる帽子を持っていなかったということか。様々な遺漏（オミッション）。ミリーには射出（エミッション）も遺漏（オミッション）も区別がつかないかもしれないけど。

彼女は化粧部屋に入った。そこに吊るされているもの全部に手を伸ばし、いじりたい、さらには着てみたいという誘惑に駆られた。召使いには不思議でならない習慣だった。今日はどれにしよう。今日はどんな人になろう。あの人はこんな日にどうやって決めたのだろう。ほとんど地味といっていい、でも完璧な鉄灰色の上着に。

また彼の部屋に戻る。再び鳥の囀りの柔らかな猛攻が始まる。遠くで機関車が蒸気を吹き上げている。

服を回収して身につけ、すぐに立ち去ることもできる。何と言っただろう、本でときどき目にした表現で。そう、「跡をくらます」だ。でも、あの人はああ言っていた。この家はきみのものだ、と。そして、再び服を身につけることは、なぜか間違ったこと、退却することのように思われた。

彼女は日の当たらない廊下へ出た。素足の裏が踏む絨毯が苔みたいだ。どこか高いところにある窓か明かり取りから差す光がところどころに落ち、足もとの赤と茶の織りや階段の手前の擦り切れ具合、手すり子の艶、宙に舞う埃のきらめきを捕らえる。だからこそ、拭き掃除が必要なのだ。

階段を下りる。体を支えるというより手触りを楽しんで、指先で手すりを撫でていく。階段が折れ曲がるところで、真鍮の絨毯押さえが輝いた。エセルは働き者だ。階下のホールはわたしが近づくにつれて緊張するらしかった。家具や調度の品が慌てて逃げだしそうな気配を示す。こんなのを目の当たりにするのは初めてなのだ。裸の女が階段を下りてくる！

両足がひんやりとしたホールのタイルを踏む。玄関の間への出口の片側に大きな箱型の振子時計があり、反対側に姿見がある。ホールの奥にはテーブルがあり、その上に幾本かの白い花を活けた大きな水盤が載っている。あの人のお母様の人事な大事な蘭。ほかのどんな花とも違う。静けさがあって、主張があって、小さな花の一つひとつが凍った蝶のようだ。

あの人、出かける前に一つ摘んでいったのかしら。本当、摘むには大切すぎる感じがする。でも、頓着するような人ではない。そういうことを気にかけるのはあの人流じゃない。今日、はっきりしたように、約束の時間を気にかけるのがあの人流でないのと同じことで。振子時計だと……もう二時十五分前！　それに、茎から小さな花が一つなくなったって、気づく人なんかいるかしら。さっきより一つ少なくなっているとしても、わたしにはわからない。

いずれにしろ、すべてわたしの頭の中の話だ。あの人は蘭の花を一つ摘んだかもしれない。それから鏡の前に立ち、胸に挿す。それと同様に思い描くことのできるのが、自分がここに立ち、あの人のために一つ摘むところ。「さあ、これを」と言いながら、あの人の襟に当ててやる。

ホールの壁にはぐるりと絵が掛かっている。階段の壁にも、段々をなして掛かっていた。ビーチウッド邸の壁にも、ぐるりと掛かっている。奇妙なことだ。あの人の種族は壁という壁に絵を飾らずには気が済まない。なのに、ご主人のニヴンさんにしろ、奥様にしろ、絵の前で足を止めて眺めているところなどついぞ見かけない。絵というのは目の端にちらと入ればよいもの、あるいは訪ねてきた客だけが鑑賞するものなのかもしれない。そうでなければ、額縁の埃を拭い、ガラスを磨くメイドが子細に観察し、真の目利きになるためのものなのか。

彼女はビーチウッドの絵すべてと睨めっこを繰り返してきた。その結果、九十になってもそれらの絵を、まるで頭の中に手垢に汚れた目録でもあるみたいに、始終思い出すことになる。ちょうど、皆がごく幼い頃に読んだ本の挿絵を気味の悪いくらい鮮明に思い出すらしいのと同じように。そして彼女自身が、孤児院のホールに掛かっていた黒っぽい服の男たち――寄付者や教区民生委員――を描いた陰気臭い何枚もの大きな絵を始終思い出すことになるのと同じように。孤児院に就寝前の読書の習慣はなかったのである。

この家の「目録」を作ることができるだろうか。目録とまで行かなくても、わたしにとって突然のこのひしめき合う存在、ここに詰め込まれた数多の什器を目から取り込んで、何らかの仕方で保存することができないだろうか。ここに二度と来ないとして。ある程度の時間しか割けないとして――一体わたしにどの程度粘る勇気があるだろう。

そしてどのくらい経つと、新しい生活に入ったあの人の頭から、この家の目録が消えていくのだろう。そんなに簡単には、と彼女は想像した。願望したといってもよい。そしてどのくらい経つと、あの人の頭から、わたしと過ごした様々な時間の目録が……。ついには今日という日のことまでも、薄れていくのだろう。

玄関の間には——ビーチウッド邸と大体同じで——出発と到着、外套の着脱に付随するお決まりのもの、傘立てと帽子掛けが置いてある。ここに立つと彼女は（もちろん、本当はエセルの仕事だが）、身近に欠かせない透明人間になるという、あの召使いとしての基本技能を発揮して体を動かしたくなる。もっとも、今の彼女は文字どおり誰の目にも見えないわけであるが。

手袋その他の持ち物の置かれることのある、奥行きのないフェルト張りのテーブルに彼が鍵を載せておいてくれた。大きくて、鍵らしくて、なぜか、彼女のことを待ち伏せしている厄介な試練のように見えた。何かを開けるための鍵ではなく、戸締まりのためだけの鍵なのに。

この鍵に彼女はまだ触れたくなかった。

再びホールに戻った彼女は、どのドアを開けてどの方向に進むかの選択に直面した。どちらへ進んでも変わりはないのかもしれない。どの部屋にも特に用があるわけではない——例外は二階の彼の部屋だったが、そこでの用は済んでいた。けれど、今の彼女の切迫した用を大まかに言うならば、この自分のものであって自分のものでない屋敷を裸の透明人間の侵入で充満させることだった。

それを彼女は実際におこなった。部屋から部屋へ渡り歩き、見て、取り込み、しかし同時に密かな授与もおこなう。実に不埒な巡見ではあるが——何しろ一糸まとわぬ姿なのだ！——、誰にも知られることはないのだ、自分がここにいたとは誰も思いも寄らないのだと確信して、ふわふわ浮遊しているようだった。あたかも裸でいることにより不可視性を与えられるばかりでなく、事実からも免除されるとでもいうように。

もちろん、エセルは気づくだろう。でも、エセルはそれがホブデイのお嬢様だったと思うだろう。

応接間に入る。住む人のいなくなった小さな外国みたい、嘆願したにもかかわらず見捨てられた所有物の集積みたいだった。まるで人生とは——ビーチウッドでこんなことを考えたことはなかった——人生で所有した物の総和であるかのようだった。入るときには、お客様の到来を告げにきたか、お茶を運んできたかしたメイドに期待される恭しさを装わずにはいられなかった。しかし、そこには誰もいない。ちょうどビーチウッド邸で変更を加えてはならぬ聖堂と化している、あの男の子たちの部屋に入るときに似て、ノックする必要はないのに、しなくてはいけない気がした。この屋敷でも二階にあるに違いない同様の部屋には入るまい、と彼女は即座に決めた。わたし本当に入るつもりだったのかしら、こんな恰好で。

炉棚の上に掛かった金縁の鏡が突然彼女に躍りかかり、彼女の否定しようもない破廉恥な存在を証明してみせた。見ろ、これがお前だ！　お前はここにいる！

一体、あの人は自分が事実から免除されるとでも思っていたのだろうか。二時十五分過ぎが都合よく一時半に変わってくれるとでも。彼女は遅刻の度合いと許され方の正確な関係を推測しようと試みた。何分までなら黙って許され、何分なら許されるけれども冷やかな態度で迎えられ、何分になったら烈火のごとき怒りをもって許され、何分を過ぎたら絶対に許されないのか。許さざるを得ないくらい二人の結婚の日が間近であるにもかかわらず——あるいはまさにそれゆえに——許されないのは、どこからか。

彼女は今一度エマ・ホブデイの身になってみた。エマ・ホブデイの皮膚に入り込んでみた。炉棚の上に招待状があった。金で縁取られた角の丸い厚紙のカードにくるくる渦を巻く黒い装飾文字で、お金のかかった印刷だ。ホブデイ夫妻からシェリンガム夫妻へ宛てた、娘エマ・キャリントン・ホブデイの結婚式への招待状。もちろん形式的な招待だし、炉棚に飾ったのは誇らしく宣言したいからにすぎない。息子の結婚式に出ない親がどこにいるだろう。

「キャリントン」？

ホールに戻り、背の高い鏡の前に行って立つ。自分自身の奇妙に捕えどころのない皮膚の中に戻ろうとするかのように。こんなに多くの鏡に恵まれるという贅沢を味わうのは生まれて初めてだった。衣服をつけていない自分の体を頭の天辺から足の爪先まで眺める手だてを得たのも生まれて初めてだった。メイド部屋にあったのは真四角の小さな鏡一つで、このホールのタイル一枚分の大きさしかなかった。

これが、ジェーン・フェアチャイルドだ！　これが、わたしだ！

ポール・シェリンガムはこの体を彼女自身以上によく見、よく知り、よく探究したのだ。あの人はこの体を「所有」した。これも覚えたことばだった。あの人はわたしの体を所有した——わたしの所有するほとんどすべてであるこの体を。そして、こう言うことはできるだろうか。わたしもあの人を所有したし、この先もずっと所有できると。

そしてあの人は、エマ・ホブデイを「所有」したことがあるのだろうか。まあ、二週間すればそうなる。

彼女はエマ・ホブデイの裸体を思い描こうと試みた——自分の裸体とどこが似ていて、どこが似ていないだろう。でも、思い描けなかった。エマ・ホブデイが服を着ていないところを想像することすらできなかった。今、エマ・ホブデイは何を着ているのだろう、六月みたいな三月のこの日に。花柄の夏物ワンピース？　麦藁帽子？　彼女は鏡の中にエマ・ホブデイを見ようと試みた。彼もまたこの鏡の前に立ち、蘭の花を挿したかどうかは別にして、自分の隆とした姿を最後に一目見たに違いない。それから一時間と経っていない。なのに、鏡の中にあの人を見ることさえ難しい。

鏡は痕跡を取っておくことができるのだろうか。鏡の中を覗き込んで、自分以外の人を見ることができるのだろうか。鏡の中に足を踏み入れて、自分以外の人になることができるのだろうか。

振り子時計が二時を打った。

彼がもう死んでいたことを彼女はまだ知らなかった。

彼女はくるりと向き直り、次はどのドアにしようか考え、一枚のドアを開け、さらにもう一枚のドアを開け、入ってみるとそこは図書室だった。実は、そんなに行き当たりばったりの選択ではなかったのかもしれない。屋敷には決まりがあり、まともな屋敷であれば、たとえビーチウッドやアプリィのように小規模なものであっても、図書室を備えている。いずれにせよ、入ってみたのが図書室だったことを彼女は喜んだ。

図書室もまた——とりわけ図書室は——、通例、柔らかくノックをしてそっと入るべき場所である。もっとも、ビーチウッドのそれから判断すると、実際には中に誰もいないことが少なくない。しかし、たとえ誰もいないときでも、入ってきてはいけないではないかと図書室に眉をしかめられている気がすることがある。でも、メイドには掃除という用がある——そして、本には驚くほど埃が積もる。ビーチウッドの図書室に入るのは、ちょっと二階の男の子たちの部屋に入るのと似ている。そして図書室を図書室たらしめているのは、と彼女はときに考えた。書物そのものよりも、静粛を旨とする男性の聖域に保たれた厳かな雰囲気のほうなのではないか。

だから、女性が裸で図書室に入ることくらい不謹慎なことはまずないのだ。考えるだけでも、恐ろしい。

ビーチウッドの図書室は壁一面に本が詰まっているけれど、そのほとんどは（メイドにはわかるのだ）人の手が触れたことさえないらしかった。しかし、部屋の片隅、ボタン留めされた革張りのソファの近くに回転式の本棚があって（掃除のとき何とはなしにくるりと回してみるのが好きだ）、そこには明らかに読まれた形跡のある本が収まっていた。こんな総じて大人っぽい空間にはいささか場違いかもしれないが、それらは幼年時代や少年時代、また一人前の男への成長を扱った本だった。彼女の想像するに、かつてこの図書室と今はしんとした二階の二部屋との間を行ったり来たりした本だろう。中には期待を込めて新たに購入されながら、結局開かれずに終わったらしいものも数冊あった。

ライダー・ハガード、G・A・ヘンティー、R・M・バランタイン、スティーヴンソン、キプリング……。至極当然の理由から、彼女はこれら作家の名前とさらには本の題名まで覚えていた。『二つの薔薇』、『珊瑚島』、『ソロモン王の洞窟』……。そうした本のカバーの汚れ具合や破れ具合から、布表紙の色合い、背に寄ったしわや焼け加減まで、ずっとのちになってもふと思い出すことになる。

実際、威圧感こそ覚えるものの、ビーチウッド邸全室中で図書室こそ、掃除するのが一番好きな部屋だった。そこは、罪のない盗人として歓迎されている気が一番する部屋だった。

ある日のこと、メイドから大胆ながらはにかんだ、照れ笑いさえ浮かべながらの願い事をされたニヴン氏は長い黙考の末、「うん、よかろう。むろん構わんさ、ジェーン」と答えたのだった。時間がかかったのは、家内序列の一種の転倒を許すことに躊躇い(ためらい)を覚えたのかもしれないし、単に実際的な観点から不思議に思っただけなのかもしれない。一体、そんなものいつ読むつもりなのだ、仕事で手一杯のはずなのに。眠りながらか？　あるいは、採用時に読み書きの能力が試験されていなかったのであれば、彼女に字が読めるということ自体にびっくりしたのかもしれない。

それでもなお、これは聞く耳を持った、情け深いといって差し支えない長考だった。

「むろん構わんさ、ジェーン」

これは開け胡麻の呪文だった。別の返事だったなら――「何を思い上がったことを言っとるのかね、ジェーン」――彼女の人生は台無しになっていたかもしれない。

彼女の一番深いお辞儀に値する返事だった。少々丁寧なお辞儀くらいでは足りない。

「だが、借りる前にどの本か断ること。それから、むろん、返さなければならん」

「もちろんです、ご主人様。どうもありがとうございます、ご主人様」

こうして彼女はビーチウッド邸図書室の利用者となった。注意深く監視され、けれども多大の関心を寄せられ、奨励されさえした。とりわけ、彼女が本当に興味を持っているのが蔵書のどの部分に対してなのかがはっきりしたとき、ニヴン氏にとって事態は微妙に変化した。水を向けても結局、フォックスの『殉教者列伝』やスマイルズの『技術者たちの生涯』（全五巻）は読もうとしないのだ。一体、誰が読む？

「『宝島』かね、ジェーン？　なぜ、『宝島』を読みたい？　男の子向けの本ばかりじゃないか」

これは問いを発しているわけでもなければ、責めているわけでもなく、漠然とした戸惑いを覚えているといったほうが近い。あるいは、不意打ちを食ったといってもよい。ニヴン氏が咳払いを連発して、「そういう本はいかん、ジェーン。どの本でもよいが、そういうのはいかん」と言っても不思議ではなかったのである。

ニヴン氏の発言に戻るならば、どこに女の子向けの本があったというのだ？

もっとも、そんなことは彼女はちっとも構わなかった。男の子向け、冒険もの。女の子向けというのが何を意味するにせよ、そんなものは読まなくても構わなかった。冒険。その語そのものが、本のページから立ち上がり、手招きをした——「冒険」。

ビーチウッド邸のニヴン家の人々を始めとして、この種族の人々は一般的に、時間もお金もありながら、いかなる面でも冒険しないようだったし、冒険という観念を支持するつもりもないらしかった。「ヘンリーで大会（ジャムボリー）」ときた。そもそも図書室というものからして、糞真面目な顔をして冒険を拒絶しているではないか。けれども、ビーチウッド邸の図書室には、くるくる回るささやかな隠し場所があり、その中身は、退屈になるか大変になるかいずれかの大人の生活に入る前に許される一服の清涼剤として、大いに楽しまれたことが明瞭だった。

ニヴン氏が「あの棚は遠慮してくれんかね、ジューン」と言っても不思議ではなかったのだ。しかし、言わなかった。

そして後年、人生のずっと先で、インタビューに応じる彼女は頻出の（そして退屈な）問いにこう答えることになる――「そりゃ、男の子向けの本ですよ、冒険もの。断然そっちです。めそめそした女の子向けなんか、誰が読むんです」

彼女の目が光り、そのしわの寄った顔にさらにしわが寄るかもしれない。けれども、もう少し真剣に答えようと思うときは、こう言うかもしれない。当時――「大戦が、というのは最初の大戦がということですけれど、終わったばかりの頃でした」――そうした本を読むことは、本の力で溝の向こう側へ行くことだった。向こう側はすぐそこなのに、大きな溝だった。海賊に鎧甲冑の騎士、埋められた宝物に海を走る帆船。でも、わたしの読んだのはそういう本でした、と。

アプリィ邸の図書室も驚くほどよく似ていた。同じように、主たる壁一面に一度も読まれたことのなさそうな本が並ぶ。同じように——まるで同じ問屋から卸されたみたいに——、しかめっ面にひげを蓄え、肩にトーガを巻きつけた男たちの白か黒の小ぶりな胸像がいくつか置かれている。机が一つ、それから革張りのソファこそないものの、ずんぐりした赤煉瓦色の肘掛椅子が二脚。新聞雑誌を整理しておく棚もあるが、博物館でも通りそうな室内に新聞雑誌の現代性がそぐわなかった。窓に半ば引かれたカーテンの間から入った日の光が、柔らかな茶色の絨毯の上に明るい長方形を広げている。

机の上に数冊積み重なっているのはどうやら法律書らしい。皆が出かけて家が静かになったらするつもりだと称していたことの、これが唯一の形跡であり、それですらいささかわざとらしく見えた。大体、こんな天気のよい日に猛勉だなんて。ともあれ、彼女の想像によれば、彼の一生懸命な勉強とは、恐らく両足を机の上に載せ、煙草を数本吸うことだっただろう。

まるで部屋に幽霊がいるみたいに、彼が実際にそうしているところが見える気がした。これで幽霊が二人になった。もっとも、彼女のほうの幽霊は——さきほど来——手で触ることのできる、あるがままの姿で存在していた。誰にも知られることはないにしても。

まだ三月だったけれども、ぽかぽかした陽気に誘われた蝿が一匹飛び回り、執拗に窓にぶつかることを繰り返していた。そしてそのとき、机の向こう側の本棚に一種の飛び地のあるのが目に入った。彼女がビーチウッドで慣れ親しみ利用してきた飛び地と酷似している。中には見覚えのある書名や実際に読んだことのある本も見える。では、わたしはこの部屋に縁もゆかりもない侵入者ではなかったのだ。ある意味で、ここここそわたしの居場所なのだ。

でも、ポール・シェリンガムがこれらのうちの一冊にでも手を伸ばしたかどうか、本人からは聞かされていなかった。彼の口ぶりからすると、アプリィ邸にはとうの昔に処分してよかったものがたくさんあると考えているらしかった。結局、馬なんてものは消えてったわけだ。そして、あるときビーチウッド邸での読書について話したら（話さなければよかった）、何でも馬鹿にするあの人はやっぱり馬鹿にして、「あんな子ども騙しをかい、ジェイ？　あんなの読むの」と言った。そして即刻、二人の関係が基本的に体の、物理的な、「今、ここ」限りのそれであることをわたしに思い出させたのだ。本のことをぼそぼそ喋る関係なんかじゃないんだよ。

弁護士？　とんでもない。

アプリィ邸の唯一の違いは、回転するしないは別として、「男の子向けの本」が独立した本棚にではなく、主たる大きな本棚の手の届きやすい小さな一区画に（たぶんもっと重厚な書物をどかせた上で）収められている点だった。

そしてもう一つの違いは言うまでもなく、今彼女がアプリィ邸の図書室に裸で立っていることで、こんなことはビーチウッドではしたことがない。

目の前の棚から彼女は一冊を取り出して開き、そして自分でも説明できない理由から、それを赤ん坊か何かのように裸の胸に押しつけた。それは『誘拐されて』だった。知っている話だ。ビーチウッドの本棚から借りて読んでいた。「デイヴィッド・バルフォアの放浪」と題された地図があり、「わたしの冒険談を始めよう……」ということばのある本だ。

胸に押しつけてから、それを棚に戻した。誰にも知られることはない。誰もこの本の小さな放浪と冒険を知ることはない。誰も二階のシーツに描かれた「地図」の意味を知ることはない。

図書室を出る。家のあちこちに配置された時計の群れがチクタク、ブーンといっている。聞こえるのはそれだけだった。外では、世界が輝き、歌っている。ここでは、すべてが消音され、停止され、封鎖されている。

曲がって一本の通路に入る。ここを行けば調理場への階段に出ると本能的にわかる。階段を下りきると、調理場はしんと静まり返っていて図書室のようだった。人を不安にさせる種類の静けさを感じる。どこの調理場でも普通は余熱が残っているものだが、ここは、日の当たる階上と違うし、その上午前中使用されなかったから、紛れもなくひんやりしていた。もっとも、服を着ていない彼女がいけないのかもしれなかった。

体に鳥肌が立った。行儀悪くお腹が鳴った。

パイがそれを切るための包丁と一緒にテーブルの上に置いてあった。上から青と白のふきんが掛けてある。すぐ横にナイフ、フォークとナプキン、調味料、瓶ビールにグラス、栓抜きの載った盆がある。ポール坊ちゃまがその気になれば家の中のどこへなり持って上がれるように軽食全体が整えられている。例えば、勉強を中断しないために図書室へ。つまり、一人調理場で食べるという新鮮な経験を楽しみたいのでなければ、だけれども。そしてもちろん、坊ちゃまが別の時間の過ごし方をして昼食に外へ出かけることはないという前提に立っている。

ともあれ、こんな日に机にへばりついていたい人なんているだろうか。

残り物のパイ半分だが、それでも一人には多すぎる。しかし突然空腹感を覚えた彼女はがつがつとむさぼり食べた。見ている人はいないのだ。あの人もこうしていたかもしれない、と思った。もしも、今日という日が別の展開となり、この日のためにあの人がでっちあげた嘘の台本に従って進んでいたならば。調理場まで下りてきたあの人は、突然非日常の喜びを見出して、テーブルのパイをその場でむしゃむしゃ食べだしたかもしれない。超然として華麗なポール・シェリンガムであることをやめ、見る者もいないここで口一杯に頬張って、腹ぺこの小学生か飢えた浮浪者のようになっていたかもしれない。

そして彼女のほうは、レディーのような自由を得て――ポケットに二シリング六ペンスを忍ばせて──、どこかの村のティールームに立ち寄り、卵とクレスのサンドイッチとケーキを食べていたかもしれない。

今頃あの人はスワンホテルで、あの非の打ちどころのない身なりで婚約者と向かい合っているに違いない。でも、そんなこと、どんなふうにしてやってのけたのだろう。魔法を使って？　ひたすら厚顔と虚勢で押し通した？「まあ、今はこうしてここにいるわけだから……」それとも、いつでも何でも捨てる覚悟によって？「いや、きみが取りやめたいって言うんなら……」

ひょっとして、それがあの人の練りに練った残酷な計画だった？　束の間、微かな希望の光が見えた気がした。取りやめる──そのために、猛烈に機嫌を損ずることによって障害物を取り除く。

ともあれ、彼女は二人のやりとりを想像しようと試みつつ、パイをむしゃりむしゃり、彼がちょうどここに座ってむしゃりむしゃりやったかもしれないように食べ続けた。両頬をふくらませて、くずをぼろぼろ落としながら。あの人が食べなかったこのパイを、あの人の代わりに食べたいと思った。まるで、あの人自身であるかのように。

とても美味しいパイだった。瓶ビールの栓を抜き、どちらかといえば口の中のものを流し込むために少し飲んだ。ビールの味はそれまで何度か飲んだときと同じで、秋の枯葉の味がした。そして再びパイに取りかかり、そのとき突然、自分が世界で一番惨めでやけっぱちな人間のような気がした。着るものもなく、家もなく、人のパイを盗み食いする人。

体に震えが走り、立ち上がった。パイは最初から多すぎたのだ。大きな音を立ててげっぷをした。何もかもそのままほっといた。ほっとこう、と彼女は思った。あの人ならこんなふうにほっといただろうという具合に――脱ぎ捨てた服をあの人がほっといた、ちょうどあんな具合に。ドアロまできて振り返り、まるですべては無頓着な彼の仕業であるかのように食事の跡を見た。もちろん、あとでエセルが片づけることになる。エセルかアイリスが。そして妙だな、と二人のうちのどちらにせよ思うかもしれない。坊ちゃまがパイを、あらかた平らげたなんて。だって、ホブデイのお嬢様と外で昼食をとられたそうじゃない。そしてもし坊ちゃまがホブデイのお嬢様と外で昼食をとったのなら、シーツにあのしみが付いているのも妙なのだ。

でもエセルも、パイとしみ両方の発見者になったなら、さっきビーチウッドのメイドであるわたしがちょっとの間空想したのと大差ない話を組み立てるかもしれない。つまり、ホブデイのお嬢様が今朝のお天気につられ、アプリィ邸まで車で行ってやろう、ポール坊ちゃまを「不意打ち」してやろうと思い立ったのだと。一方、法律書と格闘していたポール坊ちゃまはやがて飽き、空腹を覚え、子牛肉とハムのパイのことを思い出した。パイにがっつきながら食べ残し、ビールも一口しか飲んでいないところをみると、やはり坊ちゃまは午前中半ば、調理場を荒らしている最中に不意打ちされたのではないか。そしてホブデイのお嬢様が到着したのち、一体それが思いがけない成り行きだったのかどうか、途中経過はともかく、シーツのしみの説明がつく結果に至ったのだ、と。

誰もいない家を利用し終えたポール坊ちゃまとホブデイのお嬢様は、それから昼食に出かけたに違いない。あくまでも二人は現地で落ち合ったように見せかけるため、それぞれの車を運転して。そういえば今朝、駅までの奇妙な小ドライブの最中にポール坊ちゃまがおっしゃっていた、とエセルは思い出すかもしれない。つまり、たぶん昼食は外でホブデイのお嬢さんととることになるとおっしゃって、それでアイリスが、必要な場合に備えて子牛肉とハムのパイの残りは出しておきましたからと言ったのだ。もちろん、坊ちゃまが一日の計画を召使いたちに話す必要はなく、そんなことをするのは妙なのである。とはいえ、坊ちゃま直々に駅まで送り届けてくださることからして、いささか妙だった。

あれは奇妙な一日だった。

ビーチウッドのメイドはあとで思った。そんな話をエセルは組み立て、そしていよいよその時が来て、この話にも辻褄の合わない点のあることに気づきさえしたかもしれない。けれど、もっとずっとありそうなのは、片方にしろ両方にしろ、その後始末をしたエセルが、どちらについても、あるいはそこに含意される不届きな行いについても、深く考えなかったという可能性だ。そのようなことについて考えるのはメイドの務めではないし、いずれにせよ、母のところから帰ってきたばかりのエセルには、考えるべきことがたくさんあったはずだから。

エセルは、あるいはエセルよりパイと深く関わっていたアイリスは、こんなことも思っただろうか――あのパイを食べたんなら、あれが坊ちゃんの召し上がった最後の食事になったわけだ。

彼女は階段をのぼった。男の子向けの冒険小説と並んで人気があり、大人にも好まれる別の種類の本がある。しかし、後年のインタビューでは、探偵小説にはあまり関心を持ったことがありませんと答えることになる。書くのはもちろん、読むのも、あまり。人生そのものが十分に謎ですから。

調理場からの階段をのぼり、階上の暖気と日の光の中に出た。そして今は、急ぐ必要など実際にはないのに――ホールの時計によれば二時二十分で世の中はまだ昼食が終わっていない――もう帰りたいと思った。探検はもう十分だった。

ともあれ、ちょうどそのときだった（だから鳴った時刻はいつでも正確に思い出すことができた）。電話が――もしかすると複数あるうちの一台が――それまで彼女が気づかずにいた近くのニッチかどこかで鳴り始めたのだ。体がすくんだ。自分が近づいたために電話が鳴りだしたという奇妙な感覚があった。とにかく電話には出なかった。電話の対応には自信があるけれど、今出るのは馬鹿だ。電話はしばらく鳴り続け、その間彼女は微動だにしなかった。動けば電話に見つかる、そんな気がした。これも馬鹿な話だった。

しかし、そもそもこの馴染みのないホールに裸ん坊で立っていることくらい馬鹿馬鹿しいことがあるだろうか。

階段をのぼり、再び彼の部屋に入った。もちろん、出たときと何の変わりもなかった。ただ、相変わらず溢れている日の光だけが、差し込む角度を少し下げていた。開け放たれた窓があり、二人の服の掛かった肘掛椅子があって、却下されたズボンには彼女のストッキングの片方がスカーフのように巻きついている。はねのけられた上掛け。しみは乾きかけている。けれども、こんな短時間のうちに、部屋の周りに目に見えない柵が立ったような気がした。本当にこの部屋で……？　本当にここで……？

いくつもある問いのうち、これが最も深遠な問いだった。本当にあったことなのか。

窓の向こうで鳥が絶え間なく囀り、青く広がった空には一点の瑕もない。少なくとも、一点の瑕も認めた記憶は残らなかった。

最後にもう一度、化粧台の鏡が彼女の裸体を三つの角度からちらちらと映し出す。彼女は服を着る。服は使い慣れた変装のように体をするりと覆った。彼のズボンに触れる——触れるだけ、撫でるだけ。整えはしない。開いた窓は閉めなかった。これも、何も考えない彼が開けっ放しにしていったことになる。エセルの仕事。第一、誰が梯子なんか持って……。ベッドには手を触れなかった。しみを隠すこともしなかった。

化粧台の上でフレームに収まっている二人の青年も今は彼女に気づかぬふうだった。さっきは二人が覗き見していると見えたのも、徒な空想にすぎなかったのか。二人の視線は彼女の体を突き抜けて、ずいぶん昔にぱちりとシャッターの切られたどこかのカメラへ向かっている。ドアロで立ち止まった彼女も、最後に一枚、頭の中で写真を撮った。そして、立ち去った。

ホールでもう一度足を止め、水盤上に伸びた茎から蘭の花を一つ取った。いや、摘んだ。あの人が摘んでいかなかったとしても、わたしが摘んでいく。すぐに気づいたのは、もしもこの蘭を身につけたら、この上なく決定的な犯行の証拠になってしまうということだった。もしも蘭の花なんかワンピースに挿してビーチウッドに帰ったりしたら。でも、身につけるためではなかった。この日の朝に半クラウン銀貨を滑り込ませた場所に蘭も滑り込ませた。すぐに色が悪くなるだろうし、もしかするとばらばらになってしまうかもしれないけれど、これはわたし自身のための証拠品なのだ。他の誰も知ることのない事実を、自分自身がいつまでも自信をもって思い出すことができるように。

探偵小説ではなくて、冒険小説。男の子向けの本。断然、そっち。すると、そんな話をインタビュアーは冗談半分に受け取って、それにいずれにせよ、本のことばかりの硬いインタビューにはしたくないものだから、「で、男の子そのもののほうはどうだったんでしょう」と聞いてくるかもしれない。

「そりゃあ、もちろん」と、彼女は八十歳の手の甲で追い払うような仕草をして、昔は行列ができたものよと言わんばかりの顔をする。照明を落とした客席から期待どおりにくすくす笑いが起こるかもしれない。そしてインタビュアーはそんなおどけたやりとりに気を取られ、話題が変わったとき束の間相手の目に浮かんだ厳しい色を見逃したかもしれない。

要するに、人生そのものが冒険なのかもしれないということ。それがそれらの本の底に潜むテーマなのだ（今なら「サブテキスト」と言うかもしれない）。実際、それ以外の生き方なんてあるだろうか。そして、海賊や危機一髪が出てこなければ冒険でないというわけではない。常時精神を危険にさらすこともまた、冒険となり得る。仮定すること、想像することも。とりわけ、想像することが。それこそ作家たちが自分の時間を使ってすることだ。世の中で一番冒険から縁遠く見える生き物だけれども。日がな一日、机に向かっているだけの。

けれども、そんなことはインタビューでは話さない。ただ、きらめく目ときゅっと結んだ皮肉っぽい唇で守りを固め、自分しか知らない真実の周りを思わせぶりに巡ってみせるだけである。

——わたしの冒険談を始めよう……。

鍵は、半分になった石のパイナップルの下に置いた。一体フレディがどうやってクリケットバットで割ることができたのか、わからない。大昔の戦闘用の斧だったら、割れるかもしれないけれど。それに、銀のフレームの二人のどちらがフレディだったのかもわからない。聞いてもよかったのに、聞くべきだったのに、聞かなかった。「どっちがどっち？　お兄さんたちのこと話してよ」二人でベッドに並んでいたときがよい機会だっただろうか。それともあの人は、腐りかけたものでも口にしたみたいな表情を浮かべ、質問を受け流しただろうか。

もう、死ぬまでわからない。

目の前の壁に立てかけられて、彼女の自転車があった。彼女の存在を暴露しかねなかった、けれど結局暴露しなかった婦人用の自転車。しばらく玉砂利の上を押してから、乱れる息を二つ、三つ深く吸い込んで、またがる。ちょうどサドルの当たるところが少しひりひりした。スカートをたくし込んでまとめた。空気が暖かで明るくて、体の周りに充ち満ちている。

突然で意外な自由の感覚が体にみなぎった。わたしの人生は始まったところだ、終わろうとしているのではない、終わったのではむろんない。この理屈に合わない、包み込んでくるような裏返りを、彼女は生涯説明することができない（説明を求められることもない）。まるで今日という日の裏表がひっくり返ったような感じ、今あとにするものが、一つの屋敷の中に封じ込められ、手が届かなくなり、葬り去られるのではないという感じ。なぜかそれは屋敷の外へ溢れ出てきて、今呼吸しているこの空気と混ざり合っている。これを彼女は死ぬまで説明することができないし、また、ほどなくそうなるように、たとえこの日が本当にひっくり返ってしまったことを知るに至っても、この感覚が減じることはなかった。人生はこんなに残酷になることができ、けれどもそれと同時にこんなに恵み深くなることができるのか。

自転車を漕いで離れていく。とった経路は、さっき彼が出かけていったときや午前中に彼女がやってきたときに使った邸内の並木道で門へ、門から公道へと進むのではなかった。年来の習慣、年来の隠蔽が年来の経路をとらせた。馬小屋の前を通り、シャクナゲの茂みを抜け、菜園、納屋、冷床、温室と過ぎると、あとは曲がりくねった小道を進んだり、手入れされていない植え込みの隙間を通り抜けたりするうちに、外側の木や草が伸び放題のところへ出て、やがて雑木林に至る。道の曲がり具合の一つひとつ、目隠しになってくれる離れ家や茂みの一つひとつを彼女は熟知していた。一体幾度、二人はこれらの中で会い、これらを利用したことだろう。何しろ、それが彼の通常の指示だったのだ——「裏道で」。

ビーチウッドからアプリィまでの秘密の裏道は生涯彼女の頭の中にあり続ける。『宝島』の地図や、デイヴィッド・バルフォアがスコットランド高地地方を放浪した道筋と同じように、描こうと思えばいつでも容易にその地図を描くことができただろう。その能力はいつまでも失われなかったが、秘密の地図を実際に描いてしまえば、言うまでもなく矛盾、背信となるだろう。

「ジェイ、裏道で」そして一度だけ、妙に耳に残る誠実な口調でこう言ったのだ。「きみに人生の裏道を歩かせるつもりはないから」

雑木林を出ると雑草とイバラの小さな荒れ野が開け、突き当たりにもじゃもじゃ茂った生垣がある。ここまでがアプリィの土地で、生垣に通用口がついている。この通用口は踏み越し段なので自転車全体を持ち上げなければならないが、それも幾度となくやってきた。もちろん、自転車は最初から安全な生垣の中に隠しておいてもよかった――むしろそれが普段のやり方だった。しかし、今朝はきびきびした口調で命じられて堂々と向かったのだ。正面玄関へ。

生垣の外に出ると――長い生垣のこの地点はサンザシが密に枝を張り、この数時間のうちにも緑の葉と白い泡のような花が数を増したように思われた――、そこは狭い田舎道の湾曲部だった。この道に立てば、あとはどこへなりと飛ばすことができる。素晴らしい日曜の午後にペダルを踏む一人ののんきな自転車旅行者となったのだ。

だが一瞬、金縛りに遭ったように動けなかった。どちらの方向に漕ぎだすか決められない。三時頃だったに違いない。まだ午後が半分残っていた。左に向かうのはビーチウッドへ戻る近道だから、自然な選択は右だった。でも、どこへ？　彼女は地面を一蹴りして、どこだって構わない、大事なのはただ自転車を漕いでいることだ、この浮き浮きするような暖かな空気の中で風を切ることだと心に決めた。そうして右へ進むと日当たりのよい長い下りがさーっと続いて、それからゆるやかな上りになったから（アプリィ邸の敷地の裏手だ）、彼女の決定せずにおこうという決定はそれでよかったのだ。

力一杯漕いでから惰性に任せ、次第に速度が増してきて、車輪のぶんぶん回る音がして、風が髪を満たし、服を満たし、さらには体の中の血管を満たすような気さえした。血管が歌を歌い、どっと寄せてくる空気に口を塞がれなければ、自分も歌を歌ったかもしれない。このとき感じた純然たる自由、駆け巡る潜在力の感覚を、彼女は生涯説明することができない。この日は国じゅうでメイドや料理番、子守りに「自由」が与えられたわけだけど、そのうちの一人だって——いや、ポール・シェリンガムだって——わたしくらいすっかり枷（かせ）を外されてはいなかっただろう。

　もしも訪ねるべき母がいたとして、この日の経験を彼女は経験することができただろうか。まだ本人も知らぬこの先の人生を彼女は送ることができただろうか。彼女の母に知り得ただろうか——母としてとんでもない選択をしたときに、実は娘に幸運を授けていたことを。

　そして、自分自身の母であるかのように、彼女は自転車に乗ったあの女の子を生涯忘れない。ただし、この女の子のことは誰にも言わない。一言も言わない。

　女の子？　彼女は二十二だ。スカートに風を孕ませ、孕まぬための小帽子（ダッチ・キャップ）をお腹に入れて。

　上り坂をのぼり切った先に四つ辻があり、田舎道によく見かける四つの行き先をそれぞれ白い板に黒い字で書いた道標が立っていた。どの方角に向かってもいい、どこまでも漕いでいける、そんな気がした。わたしには隠し持った宝物がある。さっきはあの木立の向こうのあのお屋敷で、こっそりパイをむしゃむしゃ、ビールをぐいとやってきた。

けれども彼女は四つ辻に長いこと止まっていた。午後三時。今頃ヘンリーではホブデイさんがその場を物り、半月後の式のことをあれやこれやと話しているところだろうか。ホブデイさんがその場を物柔らかに取り仕切り、ニヴンさんはうちの昼食代も持ってもらえるのではないかと期待し始めている。一方、ボリンフォードでは、怒りの致命的炎上の瞬間を――ひょっとしたら――奇跡的に回避して、明るい未来が話題になっているかもしれない。シャンパンで鎮火したのか。ポール・シェリンガムの盤石の落ち着きの前にエマ・ホブデイが屈したか。「何もこんなふうに……ねえ、エムちゃん。こんな日にさ。三十分遅れたからって……。わかった、わかった、四十分だ。十分くらい何だい」もうこのときには手が婚約者の膝に伸びていて。

結局、そんなふうになっていたかもしれないのだろうか。様々な場面。仮定した話。

彼女は片足で路肩の草を踏み、もう片足をペダルに載せていた。どの方向からも交通の音はちっともしない。聞こえるのはただ鳥の囀り、それから、暖かな空気の中に微かに聞こえる気のするのが、何かの、いや、ありとあらゆるものの、うごめき、さんざめきだった。春だ。

彼女は左に曲がり、一マイルほどしてもう一度左に曲がった。これは遠回りしてビーチウッドへ戻る道だ。まだ午後が半分残っていたけれど、あとの時間で何をしたいか、もう決まっていた。

それは最初からするつもりでいたこと、あの歓迎すべき不測の事態さえ起こらなければニヴン氏に言うつもりでいたことだった。あるいは、ミリーに作ってもらったサンドイッチと二シリング六ペンスを持ち、この自転車でふらりと出かけてもよかった。日当たりのよい静かな場所を見つけて、腰を下ろす。自転車と本と一緒に寝転がる。持っていくのは、ジョゼフ・コンラッドの本だ。コンラッドの名前は初めて知った。まだ読み始めたばかりだった。

本を持ってくればよかった、と彼女は思った。そうすれば今、あったのに。でも、それは馬鹿げていた。小帽子（ダッチ・キャップ）をつけて正面玄関へ向かうのに、読みかけの本を持参だなんて！　でも、ずっと——電話が勝ち誇ったように鳴るまでは——言うつもりだったのだ、お庭に腰を下ろして本を読みたいと。

「お許しいただけますでしょうか、ご主人様」

そしてニヴン氏も、そのなかなか魅力的な光景を思い描いて言っていたかもしれないのだ——

「むろん構わんさ、ジェーン」

さあ、この一日を終えよう、わたしのマザリング・サンデーを。この日をこんなふうに始めようと思っていた過ごし方で。

そのようなわけで、本との——ジョゼフ・コンラッドとの——約束を守るため、彼女は左に曲がり、また左に曲がり、まだ帰らなくてもよい時刻にビーチウッドへの帰途についた。もっとも、それでも、真っ直ぐ帰るわけでも、急いで帰るわけでもない。もう少し、ぶんぶんひゅーひゅーいう自転車にまたがって、この輝く日の光と、その中に全身で生きていることの興奮とを楽しんでいるのもいい。もう少しこうして、記憶を心に永遠に刻むのもいい。

そのようなわけで、彼女は四時少し過ぎにビーチウッドに着き、すると驚いたことにニヴン夫妻がすでに戻っていた。門を入って漕いでいくと、玉砂利の上に停めたハンバーの横にニヴンさんが立っている。今朝、最後に見たときとほとんど同じ姿勢で、しかし近づくと、今朝とはまるで違う精神状態にあることが明らかだった。「ジェーン。お前かね、ジェーン」

何て変なことを言うんだろう。わたしは別人になってしまったのか。

「ジェーン、お前かね……ずいぶん早く帰ってきたもんだ……皆を悲しませる知らせがあってね」

後年、つまり物語を書くこと、ことばを精緻に扱うことを仕事にして——それが彼女の職業であり、彼女が広く「知られ」ている理由でもあった——もう長いこと経ってから、これもまた頻出の、いささか退屈な質問をされることになる。「それでいつ、一体どのようにして、作家になられたのでしょう」と。幾度となく答えている問いであり、実際のところ、問われるたびに答えを変えられるものでもない。けれども世間の人々は——作家の仕事が創作であることを思えば意外だが——、彼女がお決まりの答えを言っても、これも創作だろう、いってみればただの冗談さと早合点はしなかった。人々は真に受けた。それに、考えてみればこれはよくできた答え、ちょっと反論できない答えだった。

「生まれたとき。生まれたときですね、もちろん」と彼女は答えるのだ。質問されたときにもう七十代、八十代、九十代で、そもそも謎に包まれた事実であった彼女の出生が今や遥か彼方の不可思議な出来事となっていても答えは変わらない。

「わたしは孤児でした」と、彼女はもう何十回目かになる打ち明け話をする。「父も母も知りません。自分の本当の名前だって知らないのです。名前がついていたとしての話ですけれど。でも、これは作家になるのには、特にフィクションの作家になるのには、最高の素地ではないか、ずっとそんな気がしています。つまり、素姓の知れないこと。白紙を与えられること、というか自分自身が白紙であることですね。誰でもないということ。最初は誰でもないからこそ、誰かになれるわけでしょ」

　そして彼女の目がいつもの光り方をして、そのしわの寄った口もとにさらにしわが寄り、インタビュアーも、うん、これはちょっと油断ならないぞと思うこともある。ジェーン・フェアチャイルドはしたたかな古狐で通っていた。けれど、その目は、きらりと光りはしても真っ直ぐ相手を見据え、その顔は、しわくちゃではあっても真剣である。無邪気に反対質問を投げかけているようにさえ見える。「わたしが嘘をつくと思いますか」と。

「ただの孤児ではありません」と先を続けることもある。「拾い子（ファウンドリング）でした。そんなことばがあるの、ご存じ？　最近じゃあまり耳にしませんからね、拾い子だなんて。十八世紀みたいでしょ。

おとぎ話か。でも、わたしは孤児院の入口の階段に置かれていたんです、さすがに御包みか何かに包まれてはいたでしょうけど。それで引き取られたのだと聞かされました。当時はそういうことのできる場所があったんですね。一九〇一年でした。今とは別世界。こんな人生の始まり方、誰も望まないでしょう。けれど、ある意味では――」と、ここでまた目がきらめいたときもあったろう。「最高の始まり方なのです」

「フェアチャイルドというわたしの名前は、拾い子の子どもによく与えられる名前の一つです。孤児院出身者には、フェアチャイルドやらグッドチャイルドやらグッドボディやらが一杯いるの。人生の首途に善意を添えてやろうというんでしょう。なぜでしょうね、ときどき聞く人がいます。お名前は実名、本名ですか、って。ええ、本名です――もらった名前ですけどね。ジェーン・フェアチャイルド。でもこれ、筆名にもなります。ジェーン・ファウンドリングっていう筆名もいいかもしれない。あら、なかなかいい響きじゃないこと？」

「では、ジェーンのほうは？」

「ジェーンなんて古くからの名前でしょ。新しい人にもいるけど。ジェーン・オースティンにジェーン・エア、ジェーン・ラッセル……」

こうして、彼女は目をきらめかせ、口もとをすぼめ、自分はこの世に生を享けたときから創作する自由を天から与えられていたのだ、そしてものに名前がつく、そのつき方に生まれたときから自然と関心を払ってきたのだという趣旨のことを言う。

「いわば、わたしの生得権ね。ことば遊びみたいで申し訳ないけど」けれども、彼女は決して明かさない。彼女が本当に作家になったのは、より正確にいえば、その「種」が真に彼女の中に蒔かれたのは（そして、この種ということばが興味深い）、三月のあるとても暖かな日であったこと。そのとき彼女は二十二で、その日はある屋敷の中を一糸まとわぬ姿で——生まれたときの姿で——歩き回り、それまでなかったほど自分が自分だと、自分はジェーン・フェアチャイルドだと感じ、けれどもそれと同時に、自分がどこかに現れた幽霊であるかのような、かつて経験したことのない感覚を味わったこと。そしていってみればこの世界にすとんと落とされること、この世界の驚くべき入口にひょいと置かれることが一体どんなことなのかを感じ取ったこと。

そしてまさか、こんなことを公開のインタビューで告白するわけにいかないではないか（いくら彼女のインタビューがときに威勢のいいものになるとはいえ）。わたしは自分の家でもない家、その日まで入ったことのなかった家を裸で歩き回ったの。どうしてそんなことをするに至ったかですって？　まあ、それについて話せば長くなるけれど、それは人に話すまいと自分に誓った話なのです、などと。実際、彼女は話したことがないし、この先も話すつもりはない。

こうして今、話を作り、語ることを生業としている彼女ではあっても。

その日は一九二四年のマザリング・サンデーだった。現在「母の日」とよんでいるくだらない行事とは別物である。そして彼女には母がいなかったというわけだ。

彼女は孤児院で育てられ、それから奉公に出された。「奉公に出す」というのも、近年とんと聞かない言い回しだが、これもまた彼女としては木当なら作家志望者に推奨したい人生の始め方である（もっとも、それを一九八〇年や一九九〇年に推奨することは到底できなかったが）。なぜなら、奉公に出れば人生の職業的観察者、外に立って内を覗く者になれるから。なぜなら、仕える者は仕え、仕えられる者は——仕えられる者が人生を生きるから。でも、正直に言うと、当時まるであべこべに感じることもあった。人生を生きているのは召使いたちのほうで、もちろんつらい人生を生きていて、仕えられている人々は自分たちの人生を持て余し気味であるように見えた。それどころか、中には本格的に生きる道を失う人もいて……。

彼女が奉公に出されたのは十四のときだった。二年後の一九一七年、バークシャーのビーチウッド邸に上がる。ニヴン夫妻によって「引き取」られ直したといってもよかった。ニヴン家は直前に二人の息子を失って所帯が小さくなり、また戦争中の逼迫した時代のことでもあり、すでに雇っている料理番のほかには新米のメイド一人（単純に安上がりというだけのことかもしれない）がいれば十分だった。

当人たち以外にはよくわからない理由から――もっとも忖度することはさほど難しくないかもしれない――、夫妻は一人の孤児を候補として検討し、雇い、この寄る辺定めぬ不憫な子が勘がよくて気転の利くことを発見した。多くのメイド以上に、ということはつまり、缶に印刷された「ブラッソ（真鍮などを磨くのに使う研磨剤の名前）」の文字が読める以上に、読む力があり、買物リストが書ける以上に書く力があること、計算もできることが判明した。

「ちょっと尋ねるがね、ジェーン。三シリング六ペンス足す七シリング六ペンスはいくらだね（一シリングは十二ペンス）」

「十一シリングです、ご主人様」

半ば教育を施された子だった。

ある日、この子が本を読みたがっていることが明らかになる。本ときた！　そしてこれが生意気千万と映ることはなく、もとよりこの屋敷にあった慈善の志をさらに刺激することになった。この親を知らない娘――フェアチャイルドを名乗る娘――が図書室の本の借り出しを願い出たことは、ニヴン氏の内に眠らされていた父親としての寛大さを発動させることになった。

彼女が好む本の種類を知ったとき、ニヴン氏はやんわりと、しかしきっぱりと、断ることもできたのである。だが、彼女の偏好は氏の寛大さをさらに引き出すことになったらしい。ニヴン氏自身もときどき図書室に姿を消した。図書室はこのためにあるのだろう、と彼女は思うことがあった。男の人が姿を消しにいく場所、そして姿は見えなくても、そこにいることによって偉いと思われる場所。ニヴンさんは図書室に泣きに行ってるんじゃないか、彼女はそう思うことがあった。

彼女もまたときに姿を消すことがあり、その面についても寛大さは適用された。ニヴン夫妻は彼女の仕事ぶり全般に不満はなかった——その反対だった。ただ、ときどき不思議ないなくなり方をするメイドだった。つまり、定められた一日あるいは半日の休み以外に、である。例えば、簡単なお使いに出ていつまでも帰ってこないことがある。あるいは、パンクしたり、チェーンがまたしても外れたりして（自転車二号は呪われているようだった）、自転車に乗った親切な人が通りかかり、助けてくれるのを待たなければなりませんでしたと報告するときもある。けれども、何の理由もないのに——確かに一日のうちの比較的に忙しくない時間帯であるのが通例だったが——姿が見当たらないこともある。

しかし、そうした行方不明もこれで説明がつくかもしれない。暇を見つけてはメイド部屋に引っ込んで、てっきり人目を忍んでみなし児の境涯を嘆じているのだろうと憐れんでいたのが見当違いで、実は本を読んでいるのに違いない。本を借りることを許しておいて、それを読む多少の時間も与えないというのは筋が通らない。それに、事実は事実として認めねばならない。うちの家政はもう、昔のようにしっかり仕切られ、規律正しく統制されているわけではない。規律だ、統制だと言って世界はあんなことになったのだ。

ニヴン氏は、薄々でも疑ったことがあっただろうか。夫妻のどちらかでも、勘づいていただろうか。

ええ、そう思います、と彼女は目をきらりとさせて言うことになる。自分名義の財産など何一つない状態で生まれてきて幸運でした。名義といったって、その名前がなかったわけですけれどね。本当の誕生日も知りません。だから、わたしは氏名不詳なだけじゃありません。年齢不詳でもあるのです。そう言って、八十歳の顔をほころばせる。

五月一日が彼女に与えられた誕生日だった。大体この頃だろうという当て推量だが、ちょうどジェーン・フェアチャイルドがよい名前であるように、五月一日がよい日付だということもあるのかもしれない。母親の中には、御包み（バンドル）の中に小さな覚書を入れる者たちもいるらしかった。出生日と名前だけの簡単なものを。もちろん、下の名前（ファーストネーム）だけ。できるだけ平凡な名前がよい。わざわざレティシアを置いていく者はいない。考えてみれば、そういう子の名前はどのみち思い付きにすぎないはず。いや、どんな名前だって思い付きにすぎないのではないか。木はなぜ木とよばれるのか。

ジェーン・バンドルという筆名でもよかった、とさえ彼女は思う。

それに、間違った日に誕生日を祝ったからといって何の不都合があるだろう。例えば、本当は——本当のことはわからないわけだが——四月二十五日だったとして。間違った日が正しい日になる。これこそ人生の主要な真実である。事実と虚構は常に混ざり合い、入れ替わる。いずれにせよ、メイドの分際では誕生日を祝う時間などろくにもらえない。そもそも、周りの人が知りもしないのが普通なのだ。誕生日だからといって休みになるわけではない。それに、メイドであるということは、ちょっと孤児であることに似ていた。人の家に住み、帰るべき自分の家がない。ただ、マザリング・サンデーだけは別だ。休みがもらえ、実家に帰ることができる。それで彼女は、毎年ちょっと困る。マザリング・サンデーに何をしたらよいのか、自分をどうしたらよいのか。まさか、母を探しに出かけるわけにもいかない。

でも、もしも自分がメイドでなかったとして、ならば自分は自分をどうしていたんだろう。自分の人生をどうしていたんだろう。思うに——と、ここで深いしわの刻まれた顔を再びほころばせて——これは人間のよく立たされる状況ではないでしょうか。自分をどうしたらよいのかわからなくて困るというのは。

「わたしがメイドとして過ごした歳月」のことを彼女は「わたしのメイド時代」とよび、「でも、わたしの乙女(メイドン)時代のほうはすぐ終わりましたけど」とは付け加えない。「わたしの奉公時代」ともよんだ。今となっては、人口の半分が奉公人であった時代を想像することは難しい。彼女は一九〇一年に生まれ——少なくとも生年に間違いはないだろう——、長じてメイドとなった。これは誰にでも予想できたことである。しかし、作家になろうとは、誰にも予想できなかったはずだ。彼女を五月一日生まれのジェーン・フェアチャイルドとして再生させてくれた孤児院の親切な委員会も。そして誰より、彼女の母には思い及ばないことだったのではないか。

戦争（というのは、もちろん第一次大戦）中だった当時の雰囲気はどんなだったのでしょうとインタビューで尋ねられると、もうずいぶんと昔のことで別世界のようです、あの頃を思い出すのはちょっと小説を書くのに似ていますと答えることになる。わたし、本当にあの時代に生きてたのかしら？　しかし、正直に話すときは、こう付け足すことになる。もちろん、当時、戦争を意識しなかったわけではありません。喪失と悲嘆がうずたかく積もり、重なっていました。どうして意識せずにいられたでしょう。すべてが「もとどおり」でなければならない二つの部屋を毎週掃除するのです。中に入って、小さな深呼吸の一つもして、仕事に取りかかりました。

でも、その二つの部屋を使った男の子たちをわたしは知りません。わたしが一番に思ったのは、一人一人に家具の揃った部屋をまるまる一室なんだ、ということでした。そして、生まれたときに一括して家族を失った場合——それがわたしの境遇ですが——、そんなふうに多くのものを思い出にすることなど土台無理な相談です。家族を失ったあとに何も残らなかった。戦争は、わたしの責任ではありませんしね。そして、そうです。あの時代に、心配しなければならない夫はもちろんのこと、兄や父もいなくて幸運だったと言えなくもありません。そして、そう、よい孤児院で育ててもらえてついていたとも言えるでしょう。孤児院という孤児院が虐待のはびこる邪悪な場所というわけではありませんでした。母がどんな人だったのかわかりませんが、目端の利く人だったんじゃないかという気がします。

　このような事情から、親がいても教育を受けさせてもらえない子どもの多かった時代、塹壕戦へと送り込まれた若い男たちの多くが教育を受けそこなった時代に、彼女は基本的な教育を受けていた。十四で奉公に出された彼女は比較的進んだ読み書きの能力を備え、また家族との絆をすべて断たれていただけに、たぶん人並み以上の生への欲求を持っていた。

　そして、五月一日生まれのジェーン・フェアチャイルドだなんて、誰でも名乗ってみたいと思うではないか。

　そうですとも――と、ここでまた顔をぱっと明るくして――、無一文に生まれてきて大変幸運でした。

「あんた蘭（オーキッド）なのかい、ジェーン」やってきてまだ間もない頃、一体どんなのと一緒に仕事しなくちゃならないのかと、孤児(オーファン)だという新米の顔を品定めするみたいにつくづく眺めていたクック・ミリーからそう聞かれた。

「うちの母さんも蘭だったからね」

本当にそう言ったのだろうか？　そう言ったとして、このことばをわざと、知っていて使ったのだろうか。正しいことばでなく、間違ったことばを使っていると知っていたのだろうか。クック・ミリーは、これっぽっちも飾らないあけすけな人の目をしていた。それに間違ったことばを使ったって構わないではないか——間違ったことばのほうがよいことばなら。間違えましたよと指摘するのは間違いだっただろう。あんなときに先輩の語彙力の不確かさ、教育の無さを暴き、自分の教養をひけらかすのは。つまり、言い違えだったとしての話だけれど。

それに孤児だったら、ひょっとすると蘭の花に化けるかもしれない。シンデレラがお姫様になったみたいに。

本当にそう言ったのだろうか？　それともわたしの聞き違えか？　それとも自分とミリーのこのちょっとしたやりとりを創作してしまったのか？　あの頃に？　まさか。人生の主要な真実。そうこうするうちにやがて、まるごと一人の人物を創作する日がやってくる——小説『もう一度聞かせて』の中の脇役ながら生彩に富む人物で、実際、ミリー・クックという名前にしようかとも考えた。この人物はことばの意味を履き違える癖があり、「しょわされる(エンカンバード)」と言うべきところで「キュウリされる(キューカンバード)」と言う。実を言えば、生身のクック・ミリーも、のちの作家がビーチウッドで過ごした「メイド時代」の間に次第に、そしてあのマザリング・サンデーの日までには確実に、おとぎ話にでも出てきそうな料理番になっていた。体が大きくて、ふくよかで、赤い頬をして、混ぜ鉢をがっちり抱えるのに好都合な太い腕をして。

しかし、最も重要な、そして奇妙に明らかな事実は、ほんの三つ年上のクック・ミリーが、彼女の、というのはつまりジェーン・フェアチャイルドの、母親というか母親代わりに、ここにいる間はなってやろうと暗に申し出ていることだった。そしてミリーの溢れんばかりの誠実さに打たれ、まだ右も左もわからない新米メイドはこの申し出を一も二もなく、暗に、受け入れた。そしてその縁をこちらから切ることはついになかったのである。新米メイドであった彼女のほうがクック・ミリーよりはるかに頭の切れることがやがて判明し、したがって、毛ほどの賢さも狡さも持ち合わせないミリーのほうが、二人のうちの子ども役に適任だとも言えたにもかかわらず。けれども、彼女は終生不思議に思うことになる。クック・ミリーは本当に「蘭（オーキッド）」と言うつもりでそう言ったのか。そして、わたしとポール・シェリンガムとの関係をどれだけ知っていたのか、ひょっとしてずっと察していたのか、と。

小説中の人物は、最終的には、モリー・クックという名前になる。そして、ビーチウッド邸のメイドであった彼女がいわばミリーの養女だった期間は七年で終わることになる。というのは、あのマザリング・サンデーから半年と経たぬうちに、もともとことばの使い方において奇矯なところのあったクック・ミリーが、いよいよ本格的に頭がおかしくなり、どこかへ連れていかれたからだった（ミリーの気の毒な母のもとでないとすると一体どこなのか、彼女にはわからなかった）。ミリーのような身分の人間がミリーのような状態になると連れていかれ、そこから二度と帰ってこられないような場所らしかった。

いわば、彼女はもう一度孤児（オーファン）に戻った恰好だった。

そして、もしも孤児が本当に蘭（オーキッド）とよばれていたらどうだろう。そして、もしも天が地とよばれていたら。もしも、木が水仙とよばれていたら。それぞれの事物の本質に、その不思議に、何か変化が生じただろうか。

そして、もしも彼女がベッドに居続けずに、彼と一緒に階段を下りていたらどうだったろう。まだ裸のまま、ひんやりした足の裏でひんやりしたチェス盤のようなタイルを踏み、水盤から蘭の花を摘んで、あの人の襟に当てていたら。

「わたしのために挿してって。もう二度と会えないんだから」

ありそうもないおとぎ話の中のありそうもない場面のように。

のちに彼女は作家となり、作家であるがゆえに、あるいはそれがもとで作家になったとも言えるのだが、ことばの気まぐれさに常に悩まされることになる。ことばはものではない、もちろん違う。ものはことばではない。でもなぜか、この二つの……ものが、切り離せなくなる。すべては壮大なでっち上げなのか？　ことばは目に見えない皮膚のようなもので、世界を包み込み、世界を現実にする。しかし、ことばを取り除けば世界が存在しなくなるとか、現実でなくなるとか言うことはできない。せいぜい、ものは自分たちを識別してくれることばを祝福し、ことばはありとあらゆるものを祝福するという程度だろう。

けれども、こうしたことはインタビューでは言わない。

夫のドナルド・キャンピオンとは、ときどきそんなことを話すこともあった。夫のことは「偉大なる解剖学者」とよぶ。夫からは「偉大なる生体解剖学者」とよばれる。生体解剖なんてことばもある。べーと彼女は舌を突き出してみせる。

「それで、作家になるには、ほかにどんな資質が必要だと思う？」

「そうね、ことばはことばにすぎないということを理解してなくちゃね。空気の出入りにすぎないって……」

目の周りのからすの足跡が確かに躍っている。

「ええ、断然冒険ものでしたね、男の子向けの。まだ戦争は続いていて、冒険ものがまがいものに、子ども騙しに、なってしまった時代でしたけど」
「それで、男の子そのもののほうはどうだったんでしょう」
「男の子相手の冒険、ということですか？」

のちに彼女は作家となり、九十八まで生きることになる。二つの世界大戦をはさみ、四人の国王と一人の女王の治世にまたがる生涯を送ることになる。そして、もう少しで女王も二人になるところだった。というのも、彼女が母の胎内に宿ったのは――ぎりぎり――ヴィクトリア女王の御代だったはずだから。宿ったと思ったら、宿なし。

十歳でまだ孤児院にいた頃、大きな船が氷山にぶつかって、また孤児が増えた。十二歳の年、ある女性が国王の持ち馬の前に身を投げた。十四になったばかりの夏、大邸宅でしばらく働いて――あんな宮殿みたいなお屋敷は初めて見た――、夜間の射出の様々を知った。

ほとんど二十世紀と同じ長さを生き、自分でもたぶん十分に見聞し、十分に書きもした人生だったと思えるようになる。そして上機嫌で言うことになる。二〇〇〇年まで持たなくたって構いません。ここまで持ったのが不思議なくらいですから。わたしの人生には「一九」の字が刻まれているのです。十九なんて、いい歳じゃない？　と、顔をほころばせる。

見聞のほうは、七十年、八十年、九十年生きても、実はたいしたことはない。「メイド時代」に「オックスフォード時代」、「ロンドン時代」、「ドナルド時代」。人はそれぞれの片隅で生きるものだろう。机に向かって過ごしたあの歳月！　いわゆる名声というものを得てからの歳月でさえ、世界中をあちこちと引っぱり回され、そんなところへ出かけるとは夢にも思わなかった場所へ出かけているうち、あっと言う間に過ぎ去った。そして、「ジェーン・フェアチャイルド七十歳」、「ジェーン・フェアチャイルド七十五歳」、「ジェーン・フェアチャイルド八十歳」。何ともまあ！　毎度毎度の質問をはじき返すのに忙しい。

しかし、心の目で見たものを勘定に入れたならどうだろう。そうなれば……様々な場所、様々な場面が。『心の目で』は、彼女の書いた中で最も有名な本である。それで彼女に選り分けることができるのだろうか、心の目で見た事柄と、自身の人生に実際起きた事柄とを。そんなこと、できるに決まっている。彼女は夢想家とは違うのだ。そしてそんなこと、できないに決まっている。なぜなら、作家であればそれが肝心要ではないか、生そのものを掻き抱くことが。生きていれば、それが肝心要ではないか、それをこそ掻き抱くことが。

「わたしのオックスフォード時代」！　これなどは好例だ。確かに、彼女はオックスフォードに行った。彼女がそう言ったからといって嘘にはならない。でも、もちろん、一部の人たちがそう言うことのできるような意味においてではない。けれども、インタビューでは陽気に、何のこだわりもなく、言うのである。「ええ、オックスフォードにいました……」「オックスフォードにいた頃……」と。

確かに、一九二四年十月、彼女はオックスフォードに行った。書店員として働くためである。キャッチポール・レーンのパクストン書房だった（「キャッチポール」は「棒を捕まえる」の意にも解することができる。エセックス州の村に同名の通りがあるが、オックスフォードには実在しない）。そしてその頃までには、本が自分の生活の必需品の一つ、拠り所の一つであると彼女自身にもわかっていた。

これは彼女にとってメイドの次の最初の仕事であり、自分自身で踏み出した人生における最初の大きな一歩であった。メイドから店員へなど大きな一歩ではないと思うかもしれないが、それなりに自発性と勇気と、さらには求人広告に応募するにあたっては幾分かの作家的技量とが必要だった。そしてニヴン氏の手を煩わして推薦状を書いてもらう必要もあった。我が家の図書室を主人であるわたくしよりもよく利用した娘です、と書いてくれたのかもしれなかった。

いずれにせよ、彼女は採用された。そしてこれが彼女にとってどんなに大きな一歩であるかを、またこの仕事に就く決意を彼女がすでに固めていることを、ニヴン氏は理解していたに違いない。暇乞いにきた彼女にオックスフォードでの生活の支度に使いなさいと十ポンド（十ポンドである！）を手渡した。彼女にはそれ以外にも、メイドの給金を貯めた金があり（家族がいないので仕送りをする必要がなかった）、また言うまでもなく、時折ニヴン氏から頂戴した半クラウン銀貨やフロリン銀貨（旧通貨制度下の硬貨。二シリング相当）もあった。

すでに倹約家となっていたニヴン氏も、ときに過去の気前のよさの片鱗を示すことがあったのである。

この頃にはもうミリーはおらず、ウィニフレッドという名の新しい料理番が来ていた。新しいメイドもじきに来ることになっていた。そして彼女は、というのはつまりジェーン・フェアチャイルドは、ビーチウッド邸やアプリィ邸のその後を一生知ることがなかった。二度と訪ねることがなかったのである。それは迷信に近かった。ある種のもの、ある種の場所は、人の心の中にあってこそ真の実在となるものらしい。自動車を持つようになっても――自動車を持つようになるとますます気をつけて――、たとえドライブの道すがらであっても、再訪し、車を停め、見やり、不思議の感に打たれることはなかった。

彼女はパクストン氏のもとで働くためオックスフォードに来た。書店の店員にすぎなかったが、有能な店員で、日の経つにつれ本に詳しくなっていくし、――もっと大事なのはこちらだろうが――ただの町の人から教授連を始めとする大学の特権階層まで幅広い顧客の扱いに実に長じていた。ほどなくパクストン氏の目に自分の雇い入れたのが逸材であることが明らかになる。そして書物に対する親昵の度合いの高まるのに応じて、顧客に対する親昵の度合いが高まることもまた、すぐに明らかになったのである。

事実を言えば、彼女は一部の顧客と交際を始め、一緒に外出し、ときにはベッドも共にしたのである。そしてそれは彼女が願い、さらには漠然と予見していたことであったと言ってあながち間違いではなかった。たとえもう一つの意味で「オックスフォードに行く」ことはできなかったにせよ、それができた人たちと懇ろな間柄になった。本当に大学に行っている多くの者たちより――哀れな我利勉たちだったが――、彼女のほうが大学人の交流の輪にかえって自由に、首尾よく、出入りできたと言うことさえできた。あの珍しくて恐れられた存在、女子大学生を装っても誰も疑わないほどだった。

「それで専門は何?」

「専門? あら、違うのよ。ただの売り子なの、わたし」

判で押したように、そう聞かされた者の目はぱっと輝いた。

そして彼女はあとから付け足してみることもあった。「売り子だけど……わたし、ものも書くの」

ある日、奥の小さな事務室で、店の様子の綿密な観察者にして忠実な家庭人であるパクストン氏がこう言ったのだった。「新しいタイプライターを買おうと思ってね、ジェーン。こいつもだいぶくたびれてきたから」パクストン氏はぎこちない禁欲の表情を目に浮かべ、まるで自分のことを話しているようだった。古いタイプライターはまだまだ使用に耐えられたのである。

「持っていくかね」

そしてこれもまた、彼女が本当に作家になった瞬間だったと言えるのだ。三度目に。生まれたときが一度目、まだメイドをしていたある三月の晴れた日が二度目なら。

オックスフォード時代！　オックスフォードで過ごした日々！　ああ、あれは素晴らしい日々だった。オックスフォードはしっかりと見た。教えられることが多かった。そして、ごく正直に打ち明ければ、ある方面では教える側に立つこともあった。教えた中には、この国で最高の頭脳の持ち主も何人かいた。オックスフォードで何人教えただろう？　もう思い出せない。そしてもちろん、夫、ドナルド・キャンピオンに出会ったのも、オックスフォードにおいてであった。だが、それはまたまったく別の話。人生そのものについても、「それはまた別の話」と言えるのが面白い。

「波風一つ立たないというわけにはいかなかったでしょうね。ドナルド・キャンピオンさんとの結婚生活は」

「なぜそう思われるの」

「二つの知性、二つの仕事の結婚ですから。キャンピオンさんは若くて優秀な哲学者でした」

彼女は言わなかった、「二つの体の結婚でもあったのよ」とは。もう八十歳だったから、許されたかもしれないが。本当のことを言えば――これはドナルド本人も知らずに終わったことだが――、ドナルドはポール・シェリンガムに似ていたのだ。そしてもちろん、そんなことをインタビューで明かすつもりはなかった。

「あの人の本と、わたしのと、二人分の場所はなかったんじゃないかってこと？」とも言わなかった。切り返すのも上手い彼女であったが、ときに同じくらい効果的なだんまりを決め込むこともできた。八十にもなって、濡れた洗濯物のようなしわくちゃ顔でこれをやると、よいお面になった。

「そして……そして、悲劇的に短い……」インタビュアーはへどもどしながら先へ進む。

「ドナルドの脚が？　それとも結婚生活のほう？」とも言わなかった。

「ええ、悲劇でした」と、冷たい石のような声で言った。そしてこれも言わなかったが、言ってもよかったかもしれない――八十にもなれば、御託宣を並べても構わないのだ。「人間は燃料みたいなものです。生まれてきて、燃える。燃えるのが普通よりも速い人もいます。様々な態様の燃焼があります。ただ、燃えなかったら、全然火が点かなかったら、それは悲しい一生でしょう」と。

とはいえ、彼女はそう言ったのだった、大体そのようなことを、書いた本のどこかで。そして本当のことを言えば、ドナルドの死に際しての悲嘆は、これが人生で二度目の悲嘆であったけれども、自身の命の終わりのようだった。ドナルドの遺体を焼く火に身を投じたかった。しかしそれをせず、それまでより優れた作家、それまでより有名な作家になった。

『心の目で』。この本を刊行したのは、というか書き終えたのは——もっと言えば、本当の意味で書き始めたのは——、一九四五年の秋、脳腫瘍によってドナルドを奪われたのちのことだった。本人による笑えない冗談は、脳使用が過ぎたというものだった。もう一つ、守秘義務違反は犯さなくてすみそうだな、というのもあった。暗号解読官として戦時を安全に生き抜き、哲学者としての代表作はこれからというときだった。これでもう全部、とこれも笑えない冗談ということになるわけだが、彼女は思ったものだ。架空（フィクション）の作品になってしまった。

「相反する二つのものの板挟みになっていました、ドナルドもわたしも。ことばともの、という」

『すべては気から』という題名も考えた。『守秘義務』というのまで考えた。でも、まさかそんなタイトルの小説を出すわけにも……。『心の目で』……『すべては気から』……。いずれにしても抽象的な響きで、頭でっかちにさえ感じられる。まあ、仕方ない。哲学者の妻を十二年間やったのだ。

その実、これは彼女の書いた中で最も形而下的な、最も肉体的な、最ももろに性的な本であった。その種のことを書くこつをようやく会得したのだった。そして、これが最初の大当たりとなった。彼女は四十八で、作家としてはまだそんなに年ではなく（世の中にはお情けというものがある）、しかし、彼女なりの理由から、なることに尻込みしていた母というものになるには年を取り過ぎていた。母がどうあるべきかについてのよいお手本を示されなかったとも言える。ミリーを別にして。ドナルドがその灰色がかった青い眼差しと、かっかっかっという笑い声とともに行ってしまってから、うん、と言っておけばよかったと後悔した。

四十八歳になって、有名で。『心の目で』。あきれたり、憤慨したりする人もいた。まだ、一九五〇年だった。二十年後だったら、おとなしいものと思われただろう。しかも——悪いことに——「女流小説家（レディー・ノヴェリスト）」の手になるものだった。女流小説家（レディー・ノヴェリスト）？　こんな言い回し、どこから来たのだろう。淑女（レディー）だなんて、わたしの生まれを知ってるのだろうか。

四十八歳になって、有名で、夫に先立たれて、子どもはなくて、孤児として出発した人生の半分も来てなくて。

「皆を悲しませる知らせ（ディストレッシング）があってね」

ニヴン氏がこう言ったときも、ことばはものからふわりと遊離するその気まぐれな能力を発揮した。ニヴンさんがいかにも苦労してことばを探していたこともあり、またほんの少し前の経験と合致したこともあり、ニヴンさんが「脱がせる知らせ（アンドレッシング）」と言ったように聞こえたのだ。皆を脱がせる知らせがあってね。こんな間違い、ミリーだってしなかっただろう。

そして、その先を話し終えたニヴンさんから「顔が真っ青だよ、ジェーン」と言われたときにも、そういうことって本の中の人にしか起こらないことじゃないかなという想念が一瞬浮かんだ。本の中の人は「顔が真っ青にな」ったり、「悪鬼のごとき形相をし」たり、「目を三角にし」たり、「血が凍りつ」いたりする。これまで読んできた本ではそうだった。

「済まないね、ジェーン。こんなこと、お前に伝えなきゃならなくなって。マザリング・サンデーだというのに」

まるで、ニヴン氏がこの時間にこのビーチウッド邸へ戻ってきたのが――どうも一人で戻ってきたらしかった――、彼女宛の通知を届けるためだったような口ぶりだった。まるで、お前にはお母さんがいないんだよという意外な知らせを伝えに帰ってきたみたいだった。

「事故があってね、ジェーン。人が亡くなった。ポール・シェリンガムが起こしてね。アプリィ邸のポール君だ」

彼女は平静を失わなかった。あるいは反射的に口をついて出ただけかもしれなかった。「アプリィ邸ででしょうか」

「いや、ジェーン。屋敷じゃない。路上でね。自動車事故だ」

そのあとで言ったのだ、「顔が真っ青だよ、ジェーン」と。ニヴン氏は一歩前に踏み出しさえしたようだった。少し躊躇いがちに、しかし紳士らしく、両腕を差し出して。彼女が失神するかもしれないと思ったのだ。

彼女には死ぬまでわからない。ニヴン氏だったらこの場面とその後の出来事をどう解釈して記録したことか。いってみれば、ニヴン氏だったらどう「書いた」か。彼女には死ぬまでわからない、でも確かなのは、彼女自身が急に忖度して慌てたことだ。ニヴンさんはどれだけ知ってるんだろう、と。

彼女には七十になっても、八十になっても、わからない。ほかの人、つまり物書きでない人が、どれだけ推し量るということをするものなのか。それは謎だった。

ポール・シェリンガムはそれをしなかった。それは間違いがないと言い切れた。それが、あの人の栄光なのだ、いや、だったのだ。

彼女の知っているとおり、何か魔法がおこなわれるか、物理法則が一時停止されるかでもしない限り必ず遅刻する、そういう時刻に彼は車で出ていった。誰にも言わないけれど彼女が知っているとおり、もうすぐ妻になる人と会うというのに、彼は急ぐための努力をちっとも払わなかった。むしろ、その反対だった。しかし、それにもかかわらず、身なりを完璧に整えるための努力は惜しまなかった。このこともまた本当に知り得たのは彼女だけだった。というのは、車両は衝撃を受けて火災を起こし、彼の体は潰されるだけでなく焼けたからである。それでも、のちに彼女も知るように、いくつかの品は残り、彼がどんな出で立ちであったのか、彼が何者であるのかを間接的に教えはした。イニシャル入りのシガレットケースにシグネット・リング。車両そのもののの破損状況はさほど甚だしくはなく、これがポール・シェリンガムの（しばしばきびきびと）走らせていた車であることは容易に確認された。

しかし、いずれにせよ、彼は大幅に遅刻せざるを得なかった。したがって、エマ・ホブデイの覚えた最初こそケシ粒ほどの大きさだった困惑は、次第に腹立ち、憤慨へと高じ、それがついにはぞっとする臆測へと変じたかもしれなかった。嘘でしょ、待ちぼうけを食わされるだなんて！もうじき夫になる人が、選りに選って今日、こんなお天気の日に、わたしを一人ぼっちにして羽を伸ばしに出かけた。何が法律の勉強よ！　皆が屋敷から離れたこの機会を利用して、わたしを――わたしから離れようというのだ！　どこか遠くへ気ままなドライブにでも。いいなずけと結婚することに――あとほんの二週間になって――耐えられなくなったのだ。目の前に迫ってきたいろいろな責任が重荷になったのか。それをこんな非道い仕方で宣言しようというのだ。

要するに、見事にふられたのだ。そして、この想像に基づく憤りを自分が次第に抑えられなくなりつつあり、下手をすればヒステリー状態に陥ってしまうかもしれないと自分でもわかる一方で、けれども心のどこかで――どこかでポール・シェリンガムのことがわかっていて――いかにもあの人らしいかも、と思うのだった。

そうして……。

しかし、こんな場面を「書く」のは彼女、すなわちビーチウッド邸のメイドであるジェーン・フェアチャイルドだけかもしれない。エマ・ホブデイは本の中の登場人物とは違う。あの人はわたしの創作ではない。エマ・ホブデイだったらこの場面をどう書いたか、わたしには知りようがない。

そうして……そうなれば、ホブデイのお嬢様はじっと座って華奢な腕時計を睨み続けているわけにもいかないだろう。周りの人たちからもじろじろ見られるのだ。意地悪なお腹はごろごろ鳴るし。お嬢様はホテルの電話を使わせてほしいと頼んだのだ。およそ考えられないことで、ばつの悪いこと甚だしい。しかし、今やお嬢様は、自分のことを裏切ろうとする世界、自分の約束されていた将来を台無しにしようとする世界の中心に立っていた。まず、アプリィ邸に電話をかける。誰も出ない。向こうで鳴り続ける電話がこう言っているような気さえする。この家は留守です、ここには誰もいません、誰も聞いていません、と。じゃあ、やっぱり！

そして、唇を嚙みしめて行ったり来たりしたり、外にまで出て深呼吸をしたり、あっちのほう、こっちのほうと目を凝らしたり、わたし本当に気が触れたみたいに振る舞っている、いやそんなことはないと思い直したりして、その果てに警察に電話をかけたのだ。警察なら逃走中のわたしの婚約者を実際に追跡してくれるかも。追跡して捕獲してくれるかも。さもなければ、少なくともわたしを大恥から救ってくれる別の説明を見つけてきてくれるかも。

そうして、その時刻になれば、警察はすでに得ていた情報をもって、お嬢様の問い合わせに答えるより仕方なかった。そして確かに、少なくとも大恥からは、お嬢様を救ったのである。

そうして、さらに何本もの迅速で苦痛な電話が立て続けにかけられた。今やスワンホテルの従業員は、動揺はしていてもまだ肝心の情報を伝えることのできる女性の手足となっていた。そう、ヘンリーのジョージホテルです、川を下ったところの。そこに皆行ったんです、そこに皆いるんです。

もしも皆が本当にピクニックをすることに決めていなければ、だけれど。ちょうど今頃、急に気まぐれを起こして大型ボートを借りて賑やかにテムズの川遊びに興じ、手の届かぬところに行ってしまっていなければ、だけれど。本当なら、燦々と降り注ぐ日の光の中、目前に迫った式の前祝いになるはずだったのに。それを幸せな二人は用心深く欠席したはずだったのに。こんなことなら、おとなしく参加しておけばよかった。

しかし、幸いなことに、皆まだジョージホテルにいて、まだ昼食のテーブルも離れておらず、まだシェリー・トライフルをつついているところだった。

そうして、皆の一日が一変した。

そうして、まだ十分に説明してもらえない理由から、ニヴン氏は単身車を駆って屋敷へ戻ってきたのだ。けれども、それがこの惨事を彼女に告げるためだったはずはない。彼女はまだどこにいても不思議でない時間であり、例えば皆に負けずにテムズ川のほとりまで足を伸ばし、母なしのマザリング・サンデーを楽しんでいたかもしれないのだから。

「ジェーン、腰を下ろしたほうがよくはないかね」

腰を下ろす場所といって、それはニヴン氏の車の中くらいだった。今朝のエセルとアイリスみたいに。しかし、彼女は失神しない。まだしっかりと自転車のハンドルを握りしめていた。

得られた証拠はどれも——なぜ出発に手間取ったのかはともかく——彼が遅刻の幅を最小限に抑えようと努めたことを示していた。少なくとも、大変なスピードを出していたことは確かだった。そして彼は抜け道をとっていた。これは細くて曲がりくねっているが近道で、しかも線路を橋でまたいでいるから、急ぐときは決まって遮断機の下りている本道の踏切を通らずに済む。

しかし、彼は線路を越えなかった。

彼はときに飛ばすものの、地元の裏道をよくわかって使っていた。だから当然、ボリンフォードへ向かうのであればこれが近道だと知っていたはずだし、跨線橋の半マイルほど手前で道が右に曲がっていることも知っていたはずだった。そこは曲がり角とよんだほうが近く、かつてこの地点において土木庁の役人と土地の所有者の交渉が決裂したことを窺わせた。湾曲部の頂点には大きなオークの木も立って危険を知らせている。なのにポール・シェリンガムは真っ直ぐその木に突っ込んでいた。

日の光の輝く上天気だった。彼に湾曲部が、そしてまだ葉をつけないオークの近づいてくるのが見えなかったという可能性はなかった。いずれにせよ、道路標識も出ている。それに、この箇所を通ったことは何回もあっただろう。ひょっとするとブレーキが作動しなかったのかもしれない。この点は車が破損していたため明らかにできなかった。他の車は関与していないから、ひょっとすると、家畜がさまよい出てきたなどの素朴で致命的な要因があったのかもしれない。だが、たとえ無視できないものであったとしても、より小さな障害物を避けるために大木に激突するほうを選ぶだろうか。

これは検死審問の正式な評決ともなるのだが、結論として、恐ろしい——「悲劇的な」——事故だったということになった。そしてこの結論に達したのは、反対の考えを肯定する証言や証拠物件が足りなかったからばかりでなく、それが皆の——特に地元の役人に相当に顔の利くシェリンガム家とホブデイ家の——達したいと望んだ結論だったからでもあった。エマ・ホブデイ嬢との結婚を二週間後に控え、まさにその婚約者と会うべく車を運転していたポール・シェリンガムが、事故であったという以外の理由から木に突っ込んで死んだとは誰も信じたくなかったのである。

シェリンガム家の当主は質問に答え、なにしろ特別な日だったので、息子が出発したときアプリィ邸には誰もいなかったはずだと説明したことだろう。料理番もメイドもそれぞれの母親の家にいたはずだと述べたことだろう。それを聞いてシェリンガム夫人から今ひとたび胸を揺らせての嗚咽が漏れたかもしれない。そして訪ねてきた警官は尋ねるべきことは尋ねたと判断し、そこで手帳を閉じたかもしれない。

けれども彼女、すなわちジェーン・フェアチャイルドは、質問に答えずに済んだ。当然ではないか。彼女はビーチウッド邸のメイドにすぎないのであり、アプリィ邸のメイドでさえない。ただ自転車で遠乗りに出かけただけだし、偶然にも事故現場の近くには行かなかった（もっとも、顔が真っ青になったのは近くに行ったからではないかとニヴン氏は思ったかもしれない）。それから、幾分早めに帰ってきたのである。

それと――これは語られることのない事実だが――、屋敷を裸で歩き回っていた彼女に「どん」という遠い音は聞こえなかった。人の耳に聞こえる「どん」がしたのだろうか。それに、いろいろな窓から外を見た範囲では、あの青い空に何か白いものが立ち昇っているところも見なかった。

電話の鳴るのは聞いたけれども。

ニヴン氏が実際に彼女を抱きかかえるには至らなかった。そのときは。そして彼女は真っ青になりはしても、失神はしなかった。

「済まないね、ジェーン。こんなことお前に伝えることになって」と、ニヴン氏は繰り返した。

なぜあのとき、あの顔色の変わった瞬間、自分が誰か別の人になったような気がしたのだろう。「自分が自分でなくなる」という表現もあるけれど。なぜ、自分がホブデイのお嬢様になったような気がしたのだろう。そうでなければ、自分がニヴンさんのお嬢様で（実際にはお嬢さんなどいないけれど）、かつ同時にホブデイのお嬢様であるような。そしてニヴンさん自身も、ホブデイさんになったような。この物語の登場人物たちがすっかりごた混ぜになってしまったような。

ニヴンさんは錯綜する様々な場面をわたしの上に投影してくる、とそんな気がしたのはなぜだろう。わたしがそこにいるように見えて、本当はいない様々な場面を。わたしはお屋敷のメイドにすぎない。そして、あの日はメイドでさえなくなっていた。あの日と、あの日が急に帯びた恐ろしい意味とによって――もはやマザリング・サンデーなど吹っ飛んでいた――、わたしとニヴンさんとの普段の関係がぼやかされた、とそんな気がしたのはなぜだろう。

ニヴンさんは奥様に向かって話しているようにも見えた。

「ジェーン、聞いてるかね。クラリッサは、妻は、ほかの人たちと一緒に置いてきた、ヘンリーに。留まったほうが役に立つんじゃないかと本人が言ってね。もちろんエマも、ホブデイのお嬢さんも、合流するために車を運転してくるだろう。運転できれば、だが。皆のほうがエマのところへ、ボリンフォードへ、車で移動したほうがよいのではないかという意見も出てね。エマはいまボリンフォードにいるのだよ。これは説明したかな？　あるいは皆でホブデイ家に集まるか。皆がどこにいるのがよいかが問題になってね、ジェーン。だが、わたしは戻ってこようと思った。戻ってきて……」

「はい、ご主人様」

「アプリィへ行かなくちゃならん」

「アプリィへ？」

「そう。電話を使うためにうちに寄った。電話は済んで、ちょうど出るところだった。クラ——妻と話したが、まだ皆ヘンリーにいる。だが、ホブデイのお嬢さんとはホブデイ家で合流する。そう決めたそうだ。わたしもそれが一番だと思う。ホブデイのお嬢さんのことを第一に考えねばならん。シェリンガムのご夫妻も今はまだアプリィへ帰りたくないそうだ。今しばらくは。それもわかる。ホブデイ家へはあとでわたしが迎えにいく。事情をお前に説明することができてよかった——いや、済まなく思う。だが、ジェーン、早く帰ってきたもんだな」

「ちょっと思いつきまして、ご主人様。もうどうでもよろしいのですが、お屋敷に戻って少し本を読もうかと」

「本を」

「はい」

「そうか。お前がそのつもりだったのなら……無理は言えんが……」

「もうよろしいんです、ご主人様。本のことは」

「誰かがアプリィの使用人たちに伝えねばならんからな。シェリンガムさんから聞いたが、お前の……同輩がエセルというそうだね。料理番がアイリスで」

「ですが……」

「それは、わかってる。二人ともそれぞれの実家に帰っている。ミリーと同じでな。しかし、できるだけ早く知ってもらわねばならん、この……事態をな。シェリンガムのご夫妻から聞いた話では……まったく何てことだ……今朝ポール君は二人を駅まで送ってったというじゃないか。でも、帰ってくるのは別々だそうでね。その……エセルのほうがきっと先になるという話だった。だから、アプリィへ行かねばならん。行って、エセルを待つ。事情を伝えるためにな」

「駅でではなくてでしょうか、ご主人様」

わたしは再び真っ青になっていただろうか。

「駅というのはこういう場合、あまりよい場所とは言えんだろう。それにいずれにせよ、ジェーン……何と言えばよいだろう」

「何をでしょう、ご主人様」

「いずれにせよ誰かが……屋敷の状況を確認せねばならんと思うのだ。つまり、ポール君が出ていったときの状況をだな」

「ですが……」

「ああ、むろん、ポール君は普通に家を出ていっただけだろう。まったく何てことだ……法律の勉強をし直すと言ってたらしい。だから、きっと普通に家を出ていっただけだ。状況も何もないに違いない。だが……誰かが状況を確認しておく必要があると思うのだ。シェリンガムのご夫妻に心の準備をさせるため、いや、安心させるためにだな。ご夫妻はまだ帰る気になれずにいる。お二人はホブデイのお嬢さんと一緒にいたいとおっしゃってね。しかし、想像がつくじゃないか、ジェーン。想像が。お二人が今どんな……。それで今お前に話したことをやってきましょうとお二人に申し上げたのだ。アプリィ邸の様子を確かめてきましょうとな。ご夫妻の話によると、ポール君が出ていったとき、家にはほかに誰もいなかったはずだから、鍵が石の下、石のパイナップルの下に置いてあるはずだということだ。石のパイナップルだと夫人がおっしゃってね。玄関前の。そこで。そこで……」

「そこで……?」

「わたしはアプリィへ出かけ、そのエセルというのを待たねばならん。そして確認をする……」

明らかに自ら買って出た任務でありながら、遂行する覚悟は必ずしもできていない様子である。

喉が不快らしく、一つ咳払いをした。

「ジェーン……一つ頼みごとをしてよいだろうか」

「何でしょう、ご主人様」

彼女はまだ自転車のハンドルを握っていた。そして自転車の横にただじっと立っているのに、自分がブレーキレバーまで握りしめていることに気がついた。

「一緒に来てもらうわけにいかんだろうか」

「ご一緒するのですか、ご主人様」

「むろん、これがまだお前の日だということはわかっている。それが望みなら、ジェーン、望みならお前の本を読んでいても……」

「ご主人様の本です、ご主人様」なぜ訂正したのか自分でもわからなかった。

「そうだったな」

束の間、ニヴン氏の顔を皮膚のよじれが走った。微笑み始めたのが、何か別のものに変わったようにも見えた。

ニヴンさん、泣きだすのだろうか、自分の息子でもないのに。他家の面倒に巻き込まれた隣人にすぎないのに。

「承知しました、ご主人様。お供いたします」

「それは有り難い。よく言ってくれた。お前はアプリィ邸に入ったことはなかろうが……」

「申し訳ありません、ご主人様。中に入って水を一杯いただいてからでもよろしいでしょうか」
「ああ、そうか……むろんだとも。気づかなくて悪かったね。まったく動転させられる。それにお前は一日中自転車を漕いでいたんだった。むろん、そうしてくれ。気を落ち着けて、のどを潤しておいで。悪かった。ここで待ってるからな、ジェーン。車のところで。わたしはいつでもいいから」

その五分かそこいらで、すべてが変わったのかもしれなかった。それにこんなことはかつてなかったことではないか――ニヴン氏のほうが彼女のことを待つなどということは。しかも、彼女が出てくると、車の横に立ち、内側が革張りのドアを彼女のために開けて待っていたのである。このときも彼女はエセルとアイリスのことを思い出した。

屋敷の中で――今日二度目の誰もいない屋敷の中で――彼女の顔に寸時の洪水が起こった。それを彼女は冷たい水でざぶざぶ洗い流した。本当なら上げたい金切り声を押し殺していたかもしれない。

二人でアプリィへと向かう。自動車ならたいした距離ではない。けれども、ニヴン氏はとてもゆっくりと注意深く、まるで実は守りたくない約束の場所へ行くみたいな運転ぶりだった。二人とも気詰まりで口が利けない。そう、彼女はエセルのような気分だった。自分がエセルになったような気さえした。

着いてみると、エセルのほうが先に帰っていた。従順忠実なエセルは、まるでたった一日の自由を享受する能力すらないみたいに、万が一シェリンガム夫妻が早く帰ってきてお茶の時間に間に合ってしまっても、それが出せるように戻ることを決めたのだ。エセルの場合、母との「一日」は、ほんの二時間ほどだったに違いなく、またエセルなりの理由があって、その時間を引き延ばすことを好まなかったのかもしれない。恐らく三時四十二分着で駅に着き、普通に歩いてきたのだろう。ほんの一マイルかそこいらの距離で、牧草地を通る近道もある。日はちょうどその黄金色を深め始めた時分。サクラソウの花が顔を覗かせ、ウサギが跳ねる。身の軽いエセルなら二十分の道のりだろうか。それはエセルの今日一日で、一番の二十分だったかもしれない。

車がアプリィ邸の敷地に入り、シナノキの並木道を進むうちにも、明らかなしるしが目に飛び込んできた――二階の窓。わたしの目にだけは、明らかなしるし。もう窓が閉まっている。誰かが閉めた。エセル以外にあり得ない。エセルがポールの部屋に入って窓を閉めた。

だから、並木道の途中で、あっと――ニヴンさんにも聞こえる声で――息を呑んだ。それをニヴンさんは全般的な心痛の喘ぎと受け取ったかもしれない。というのも、異なる仕方ではあっても、たぶん二人ともが、ほんの数時間前にこの並木道を逆方向に、ポール・シェリンガムが車を走らせたという事実を考えていたからだ。この道で車を走らせる最後になった。それでニヴンさんは言わずもがなのことを言った。「本当にひどい話だ、ジェーン」

それは確かに心痛の喘ぎであったけれども、その中に小さな安堵の喘ぎが含まれていた。それ以外は、彼女は何も表に出さなかった。

日はすでに建物の正面にも玉砂利にも当たっていなかった。車から出ると、さきほどまでの真昼の暖かさはどこへ行ったのか、今ははっきりと冷気が感じられた。そしてニヴン氏が「そのパイナップルというやつ」を探し始め、彼女はそこですと指差したり、何か言ったりしたくなるのを我慢していると、突然エセルがドアを開けた——人の来たのがわかれば、開けるのは当然だったが。建物の中で車の音を聞いていたエセルは、シェリンガム夫妻のお帰りだと思ったかもしれない。しかし、今エセルは突然ポーチに立ち、驚くべきことに、このアプリィの館全体を自分が預かっている、自分が守るのだという態度を示していた。

そしてエセルによってドアの開けられるのを見た彼女は、自然と、前回同じドアの開けられるのを見たときのことを思った。

「ニヴン様……?」それだけ言うのがやっとのエセルの声には驚きと落ち着きが混じっていて、なぜニヴン氏が、ジェーン何とかというビーチウッドのメイドを伴いここにいるのかという難問をまだ受け入れかねている様子だった。

今日は国じゅうのメイドが皆、車に乗せてもらっているのだろうか。

そしてニヴン氏が「エセルだね？」と言う。これもまた不思議である。

だからエセルを待つ必要は最初からなかったのだ。待つことになっていたらどんなだっただろうと、彼女、すなわちビーチウッド邸のメイドは、のちに想像しようとして苦労する。そして、エセルへの事情の説明は最初から最後まで玄関ポーチでおこなわれた。というのも、何か本当に恐ろしいことを聞かされそうなことはニヴン氏の態度から明らかだったにもかかわらず、自分の主人ではないニヴン氏から、中に入って座りなさいと指図されるつもりはないというエセルの気持ちが手に取るようにわかったからである。第一、このビーチウッドのメイドも中に入れて座らせろと言うのだろうか。

まったくの話、エセルは突然に変わった。それとも、エセルの真のエセル性がこのとき発露したということなのか。彼女、すなわちビーチウッドのメイドには死ぬまでわからない。彼女の（そしてさらにはポール・シェリンガムの）エセル像が端から間違っていたのかどうか。

再びニヴン氏がことばと格闘し始めると、エセルの目が突然、ビーチウッドのメイドの目を射抜いた。まるで、わたしはすべてを知っているのだと言わんばかりに。ただ、その目は同時に、やはり真っ直ぐ見つめたまま、こうも言っているようだった。「わたしたちメイド仲間は団結しなくちゃ、身の程を知って振る舞わなくちゃ」と。

少なくとも、エセルの目は「あなた、一体何やってるの？　ご主人様の奥様気取り？」と、ただまごつくのではなく、ずっと多くを語っていた。

エセルの背後、玄関の間の先、小暗いホールの奥に、テーブルの上の水盤と白い蘭の花の房がぼんやりと見えた。そこに蘭が今もあることが、なぜか信じ難いことに思われた。

「皆を悲しませる知らせがあってね、エセル」と、ニヴン氏は始めた。「エセルとよばせてもらって差し支えなければ、だが」

「もちろんでございます、ニヴン様」

こうしてエセルは知らされた。そしてその場に、まるで玄関ポーチを死守しようとするかのように、そしてこの家がそれだけの災いに見舞われたということであれば、自分はこれ以上いかなる害悪もここに及ぶことを許さぬ覚悟を決めたと言わんばかりに立っていた。まだポーチから見下ろされる玉砂利の上にいたニヴン氏は、エセルの突然の権威の前に身を縮めているように見えた。

「そういうことでしたら、ニヴン様、早く帰って参りまして、ようございました。お役に立てることもございましょう。虫の知らせだったに違いありません。必要とされることもなくはないかと思いました。シェリンガムご夫妻は……お気も狂わんばかりに違いありません。きっとまた、お取り乱しのことでしょう」エセルは十分に意識して、この「また」を言った。「ご夫妻がお帰りになったとき、わたしはここにおります。料理番も帰りましたら、わたしから伝えます。電話もとりますし、必要であれば、かけもします」

「エセル……」

しかし、エセルは話し続けた。「話しかけられたときに返事だけ」のルールを破るのは滅多にないことだったのではないか。

「片づけはもう済ませました。ポール坊ちゃまのお部屋も片づけました……」

「そこが大事なんだがね、エセル」

「大事とおっしゃいますと、ニヴン様」

「お前に尋ねたいのだが……わたしが来たのは確認したくてね……」ニヴン氏はしどろもどろになった。「何かあったかね、ポール君の部屋に」

「何か、とおっしゃいますと？　何のことをおっしゃっているのでしょう、ニヴン様」

「手紙……のようなものだな、エセル。何か書きものだ」

「いいえ、ニヴン様。書きものは何もありませんでした。それに、たとえあったといたしましても読みません」次にはぴしゃりと「それだけでございましょうか、ニヴン様」とでも言いかねない顔つきだった。まかり間違えば、「それがニヴン様とどう関係するのでございましょう」とでも。

「ならば……よいのだ、エセル。ならば……よい」

「ニヴン様、どうかなさいましたか。お茶か何かご所望でしょうか」

「いや、結構だ、エセル。だが、お前は大丈夫かね。わたしたちが一緒にいたほうがよいだろうか……このジェーンだけでも」

これには、彼女、すなわちビーチウッド邸のメイドは心の準備ができていなかった。身を委ねる気持ちで、エセルが主導権を取り戻すのを待った。

「いいえ、ニヴン様。お気持ちだけ有り難く頂戴いたします」

しかし、そう言ったエセルはニヴン氏の顔を見ていなかった。まともに正面から、目を逸らさずに、「同輩」の顔を見据えていた。

そしてエセルの表情は、最も厳格かつ最も寛大な親が見せる表情と似ていた。

そういうわけで、彼女には死ぬまでわからないことがたくさんある。しかし、一つわかったのは、シェリンガム夫妻の帰ってくるまでには確実に、ポール坊ちゃまの部屋はエセルによって完全に「片づけ」られているということだ。放り投げられたズボン、はねのけられた上掛け。シーツは交換されたことだろう(もっとも、エセルもあとから思い至ったに違いないけれど、新しいシーツで寝る者はいない)。剝ぎとられ丸められたシーツは洗濯籠に入れられて、月曜の大釜を待つ。調理場のテーブルの上も——料理番アイリスへの単純な親切心から——片づけられ、拭き清められたことだろう。そしてすべてがあるべき姿に戻り、ただしすべてが変わってしまった。

　そしてエセルもまた、ゆくゆく（端役ではない）脇役を『本当のことを言えば』の中に獲得することになる。創作によって変形を加えられ、（書き手以外には知り得ないことだが）敬意を表される。名前はエセルではないし（名前はイーディスとなる）、ちっともエセルと似ていないし、そもそもメイドでさえない。しかし、それは世の中の周縁部に存在しているように見えながら、実はすべてを知っている、そんな種類の人物である。そしてそれは、その本当の性質（キャラクター）を周囲の人間が普段は気づきもしなければ思いも寄らない、そんな種類の人物（キャラクター）である。そのことはしかし、作家となった彼女がその頃には小説における人物造形に決まって適用する一般的真実であったし、それは現実の人生と人間についての一般的真実でもあった。

　けれども、彼女には死ぬまでわからない。一体エセルが最初からどれくらい知っていたのか。それから、やはり彼女に死ぬまでわからないのは、再び屋敷の中に一人で残されたエセルが、シェリンガム夫妻（と料理番のアイリス）が帰ってくるまでの間、さらにはやがて警察が型どおりの質問をしに訪ねてくるまでの間、一体何をし、何を考え、想像し、感じたのかということである。

　まさか、母に礼状を認（したた）めたわけでもあるまい。

二人は車で屋敷へ帰る。太陽は傾き、橙色になってきた。午後が終わりかけている。そして肌寒くなってきた。まだ三月なのだ。きっとエセルも仕事の一つとして、暖炉の火を熾（おこ）していることだろう。こんな状況においてこそ、邸内各所の火を燃やし続けなければいけない。彼女自身もじきにビーチウッドのメイドに戻り、同じことをするだろう。

けれど、今のわたしは何なんだろう。

長いこと黙っていたニヴン氏が言った。「読書の邪魔をして済まなかったね、ジェーン。お前の時間を使わせて済まなかった。今読んでるのは何だったたっけね」

「いいんです、ご主人様。本のことはもう」

彼女は助手席に座っていた。普段ニヴンさんが運転するとき、奥様が座る席だ。懸命に涙をこらえ、自分がばらばらにならないようにした。

ニヴンさんから「晩も休みにしなさい。ゆっくり湯につかるといい」と言われたらどんなに嬉しいだろう。けれども、メイドがゆっくり湯につかることはないし、予定外に晩の休みをもらうこともない。同じ日の昼に休みをもらっていたらなおさらだ。もうじき仕事を再開しなくてはならない。少なくともエセルくらい強くならなくては。

夕暮れが迫り、光はあんず色をして、紗のかかったような金緑色の世界はあり得ないほど美しかった。

また長いこと黙っていたニヴン氏が言った。「これで五人全員だよ、ジェーン」意味はわかった。よく、わかった。けれども彼女は、「はい、ご主人様」と、この万能の一般的同意の文句を普段メイドがそれを発するときの口調のままに言った。

そして、ビーチウッド邸の玄関前の車回しを回って車を停め、エンジンを切ったニヴン氏は、突然彼女におおいかぶさると、子どものように泣きだした。おいおい泣きだした。頭部を、顔を、彼女の胸に押しつけさえして、だから彼女は——あれはつい今日の午後だったかしら——開いた本を胸に押しつけたときのことを思い出した。「済まない、ジェーン。本当に済まない」と、ニヴン氏は押し当てた顔を動かさずに言った。そして彼女は、思わずニヴン氏の後頭部を手で支えて言った。「いいんです、ニヴンさん。いいんです」

本は『青春』という題名だった——庭のベンチで読んだかもしれなかった本、ニヴン氏から尋ねられたとき答えてもよかった本のことである。あのとき、この「青春（ユース）」という奇妙なことばを口から発してもよかったのだ。

正確には『物語 青春、他二篇』という、ごたごたした不恰好な題名だった。ビーチウッドの図書室ではジョゼフ・コンラッドによる唯一の本で、「青春」という物語（ナラティヴ）が最初に置かれている。実際、これは手始めとしてよい作品で、というのも、彼女ものちに知るのだが、これは概ねコンラッド自身の若い頃の経験と、（これものちに知るとおり、コンラッドがしばしば題材とする）「東洋」とよばれるもの――それは光景であり、約束であり、事実であり、幻想であった――との最初の出会いとに基づいていたからである。

ともあれ、彼女はこの本を読み始めたばかりのところでマザリング・サンデーを迎えたのであり、もしもこの日が別の展開になっていなかったら、つまりあの電話が鳴っていなかったら、バークシャーのどこか日当たりのよい片隅で、場合によってはビーチウッド邸の庭で、わけなく読み終えていたかもしれない。ことによると、「他二篇（トゥー・アザー・ストーリーズ）」へ進んでいたかもしれない。そのうちの一つが「闇の奥」という題名で、結果的には（マザリング・サンデーがあんなことになった結果）、ジョゼフ・コンラッドという重要な作家を見出したことを知りながら、この話を読むまでに少し日が経つことになる。題名が不気味だったせいかもしれない。

コンラッドが今まで読んだどんなものとも違うことはわかったが、今の自分にはまだ早すぎる作品があるということも感じた。それは、『宝島』も『誘拐されて』も読んだけれど、『ジキル博士とハイド氏』はまだ読みたくないというのとちょっと似ていた。

「物語（ナラティヴ）」ということばは落ち着いていて、信用してよさそうな響きがあり、彼女は大変気に入ったけれど、なぜあるものが物語とよばれ、ほかのものはただの話（ストーリー）なのかわからなかった。当時の彼女が一番好きだったことばは「お話（テール）」だった――コンラッドがこの語を好んで使ったことを知ったときは嬉しかった。ただの「話」ではなく「お話」とよぶほうが心をそそられるが、それはお話というと常に本当のこととは限らない、こしらえ事の面が大きくなるといった含意が生じるのと無関係ではないかもしれない。

これらすべてのことばは――お話（テール）にしても、話（ストーリー）にしても、物語（ナラティヴ）にしても――、いわば背後に必ず、真実性の問題がつきまとっており、それぞれにどれだけの真実が含まれるのかは何とも言い難い。もう一つ、虚構（フィクション）ということばもあって――ゆくゆく彼女はまさに小説（フィクション）に関わることになる――、これになると真実性などてんから相手にしていないようにさえ見える。完全な小説とは完全な虚構の謂（いい）である。けれども、明らかに虚構、完全に虚構である作品もまた――ここが問題の核心であり摩訶不思議なところであるが――真実を含んでいることがある。三冊すべてを読み終えたとき彼女が思ったのは、『宝島』や『誘拐されて』よりも『ジキル博士とハイド氏』のほうに多くの真実があると言えなくもないということだった。もちろん、三つの中で一番へんてこりんで、断然一番怖い作品だと言う人もいるだろう。

「お話（テール）を聞かせる」は、ときに「真っ赤な嘘をつく」の意になることがある。「ほらを吹く」みたいに。実際、「ほら話（ヤーン）」は、彼女がビーチウッドの図書室で最初に引きつけられたあの冒険ものを形容するのにぴったりのことばかもしれなくて、元来あの手の本の真実味を問うのは無意味なことなのだ。あれは旅行家や狩猟家の得意なほら話にほかならない。「ほら話」ということばそのものに、男と海の塩からい香りがある。そして彼女の読んだあの男の子向けの本の何と多くに、手を替え品を替え、船乗りになる話——航海と未知の土地——が出てきたことだろう。まるでそれこそが冒険の真髄であり、男の子なら皆したがっていることだと言わんばかりだった。そしてジョゼフ・コンラッドその人もまた、ちょうどそんな男の子の一人であったようだ。

そして彼女は「青春」ということばが気に入った。というかむしろ、このことばにある種の難しさを覚えた。なぜなら、これがお話であれ、話であれ、物語であれ、それに冒険ものとしても、「青春」はいかにも題名らしい題名とはいえないからだ。むしろ、ただの観念のようなものだからだ。けれども、ビーチウッド邸の図書室で初めて『青春』のページをぱらぱらとめくってみた印象では、すでに彼女が馴染んでいた海を行く男のほら話的要素がたっぷり詰まっているようだった。もしかすると、ニヴン家の男の子の一方も、といってもその頃にはもう大人の男になりかかっていたわけだけれど、同じように思ったのかもしれなかった。もっとも、ちょっとは読んだにしても、あまり先へ進まなかったことは明らかだった。回転式本棚の他の本と違い、まだ新しい本のようにきれいなのだ。本には、濃い青のインクで、「J・ニヴン、一九一五年十月」と、昨日書かれたみたいに鮮やかな書き込みまである。そして、それもまた彼女がその本を選んだ理由だったかもしれない。

ほどなく彼女が感じたのは、コンラッドは一般からは「一筋縄でいかない作家」とよばれるのかもしれないということだった。「闇の奥」……。もしかすると、J・ニヴンも同じことを思ったのかもしれない。当時の彼女はまだ作家を評するのに「一筋縄でいかない」ということばを使わなかったし、まさかやがて自分が「一筋縄でいかない作家」とよばれることになろうとは思いも寄らなかった。今の彼女はそうよばれれば褒めことばと受け取ることにしているけれども、もちろん否定的な意味合いで使う人もいる。「好きになれない」の言い換えなのだ。まあ、それは読む側の問題であるが。

「コンラッドです」と、彼女は例の繰り返し尋ねられる面倒な質問の一つに答えて言う。「そりゃ、コンラッドです――間違いなく、あの人でした」まるで知り合った人のことでも話しているみたいに。そして、ある意味では、知り合ったのだ。

「そりゃ、コンラッドですよ、あの海洋ものがどれも大好きでした」

「しかし、男性の読む作家ではありませんか」

「おっしゃりたいことがどうも……」

青春（ユース）ということばを気に入ったもう一つの理由はもちろん、当時の彼女がその最中にあったからだ。彼女は「青年（ユース）」だった。もっとも、「ほら話」同様、「青年」もまた重心がずっと男寄りだ。

男は「青年」になれるが、さて女もなれるのか？　とはいえ、一九二四年には何もかも重心は男寄りだった。

いずれにせよ、一体青春とはいつ始まり、いつ別のものに変じるのかという問題もある――青春ということばには弾力性があり、だからそういう問いも可能になる。けれど、さすがにまだ二十二だったのだから。一九二四年には、二十世紀そのものもまだ青年期にあった……。だが、実は、全然そんなではなかった。青春こそ――無数の青年がなぎ倒されたのだ――二十世紀が失ったものだった。

そして確かに、一九二四年には、コンラッドはすでに時代遅れになり、流行らなくなっていたといって間違いないだろう。帆船？　別天地としての東洋？　世界に何が起きたのか知らないのか？

しかし、確かにあの人だったのだ。一九二四年のマザリング・サンデーの夜、当然の理由から眠ることも休むことも全然できなかった彼女は、再びジョゼフ・コンラッドの『青春』を手に取った。ほかに何ができただろう。泣く？　泣いて、また泣く？　板一枚ほどの幅のベッドで。人は自分から逃げるために、日常の苦労から逃れるために、本を読むのではないか。

そしてそれは、冒険談であって冒険談でなかった。それは一風変わっていて、特別な何かがあった。五人の不機嫌な老人が一つのテーブルを囲み――ほらを交えて――話している。五人はそれぞれの人生で別々の仕事をしてきたが、全員が青春時代に船員生活を送っていた。読んでいる彼女にはテーブルを囲んだ男たちが、男たちのしわの刻まれた顔が見えた。そのうちの一人がマーロウという名で、この男が自分の経験を話している。いわゆる冒険談とは程遠かった。不運に見舞われてばかりいて、どんより濁った近海を離れることができずにいる、みすぼらしい老朽船の話なのだ。その船が、ある日、話の最後で、といってもそれが一種の始まりでもあるのだが、ついに辿りつくのだ――東洋に。

「闇の奥」も何とか読み――これは本当に一筋縄でいかなくて、またそれまで読んだどんなものともまったく違う――、『青春、他二篇』を終えた彼女は、コンラッドの本をもっと手に入れなくてはならないと感じ、そこで本を郵送してくれるレディング（Readingと書いてレディングと読む。前出七四ページ）の書店に手紙を書いた。ニヴン氏からもらった半クラウンがまだあったし、それに加えて他の半クラウンも貯めてあった。郵便為替は村で買うことができた。このように進取的な仕方で書店と取り引きしたことで、彼女は考えだしたのかもしれない。書店、書店……と。

彼女は『ロード・ジム』という、『青春』と似ていなくもない、しかしずっと長い――そして一筋縄でいかない――本を買った。これは「お話（テール）」とされていた。あのマーロウという男がまた出てきて、マーロウが実は身をやつしたコンラッドなのではないかと考えてみたくなる。次に買ったのが『密偵』という本で、こちらはがらりと様子が変わり、東洋の話でもなければ、船も出てこず、舞台はごみごみとしたロンドンの街だった。それでもやはり、ひょっとすると危険かもしれない未知の領域に入っていくあの感覚、当時の彼女の知らなかったことばを使えば、「コンラッド的（コンラディアン）」とでもよべそうな感じはあった。

その頃の彼女は、コンラッドその人も一つの世界から別の世界へと隠密裏に行き来する一種の密偵に違いないと思うようになっていた。そしてずっとあとになって、作家は誰しも密偵であると考え、その考えをときに口にするようになる。しかし、ひょっとすると真実は――これを口にすることはないが――人間は皆密偵ということなのかもしれない。それが人間の正体なのかもしれない。

いずれにせよ、『密偵』を読み終える頃までには、馬鹿げた話であったかもしれないけれど、自分も作家になりたいという秘密の願いを立てていた。そして秘密を持つことに不慣れではなかった。

コンラッドというのが本当の名前でないことも知った。もともとポーランドの人だからだ。つまり、彼女の名前とちょっと似ていることになる。筆名でもなく、ただイングランドでの名前というだけだ。だが、ジョゼフ・コンラッドのすごいところ、本当に驚嘆すべき点は、あれだけの数の本を書くために、ものの書き方を学ばねばならなかっただけではない、まるきり新しい言語で書くことを学ばねばならなかったということだ。これはちょっと信じ難いことだ。それはとんでもない障壁（インポッシブル）、越すに越されぬ（インパッサブル）障壁をとび越えるようなもので、こちらのほうが、コンラッドが青春時代にあれだけの数の航海に出たことよりも、もっと大きなこと、もっと大きな偉業、もっと本物の冒険であるのではないかという気がした。東洋に辿りつくよりも、さらに心躍ることではないか。

そしてそれが、作家になるために、彼女がしなければならないことでもあった——とんでもない障壁をとび越えねばならなかった。そして彼女自身のちに理解するように、彼女には最初から言語があったけれども、それでもやはり新しい言語を見つけなければならなかった。なぜなら、新しい言語を見つけること、これしかないという言語を見つけること、それこそが、のちに理解するに至るように、ものを書くということなのだ。しかし、これらのこともまた、インタビューでは滅多に言わない。あまりにも骨身に応える話題なのだ。

「コンラッドですか。ええ……あの人には特別な何かがあります」まるで昔の恋人のことでも話しているみたいだ。

そして、本当のことを言えば、ビーチウッドで最後の数箇月を過ごしていた彼女、「オックスフォードへ行く」より前の彼女は、ポーランドに生まれて世界の海を旅したジョゼフ・コンラッドが実は今も生きていて、それもさして遠くない、ゆるやかに起伏するイングランドの田舎に住まっていることを知り、胸を高鳴らせたものだった。その高鳴りを彼女は生きて味わうことができたものの、それは長く続かなかった。なぜなら、一九二四年八月のある朝、しわを伸ばしてニヴン氏の朝食のテーブルに置く前の新聞に——突然体に衝撃が走ったように感じられた——ジョゼフ・コンラッド逝去の記事を見つけたのである。

そして、本当のことを言えば（もっともこのことを彼女はインタビューではもちろん、誰にも言わないけれど）、その顔を拝したいと手に入れたジョゼフ・コンラッドの——晩年のコンラッドの——多くの写真を見て、彼女はコンラッドに惚れていた。その厳粛さ、そのひげ、その何か遠くの、それでいて深く内にあるものを見ているような両の目。ときに想像したことさえあった。コンラッドとベッドで寝ているのはどんなだろう。ただ並んで寝ているだけ。口も利かずに、年取った裸のコンラッドと。二人とも上を見て、自分たちの煙草から煙が立ち昇り、天井で混じり合うのを眺めている。二人のいずれかでもがことばで表すことのできるより、煙草の煙には多くの真実が含まれているとでも言うように。

——はじめてこの顔に受けた東洋の溜息。あれだけはどうしても忘れられない。

彼女は作家になる。何冊もの本を書く。十九の小説を書く。「現代作家」というものになりさえする。しかし、いつまで「現代」であり続けられるのだろう。それは「青春」ということばと似ていた。そして結局、現代性ということがものを書くことの本質なのか。彼女は時代と変化を知り、それらについて書くことになる。九十を超え、百近くになるまで生き、そして晩年には明らかに悪戯っぽい傾向を示し始め、「ジェーン・フェアチャイルド八十歳」やら「ジェーン・フェアチャイルド九十歳」やらにかつぎ出されるようになると、彼女は過去の作家たちの名前を、まるでその人たちが、むかしむかし、自分の友人であったかのように口にするのだった。

様々な場面。現実に起こった様々な場面に、本の中の様々な場面。そして、どういうわけかその中間にある様々な場面。なぜなら、それらは、現実の人々について思い描き、想像することのできる場面にすぎないから。彼女が自分の母親を思い描こうとするみたいに。あるいは、かつて、遠い昔に、事態が別なふうに展開していたら、こんなふうになっていたのではないかと思う場面にすぎないから。彼女は彼と一緒に出かけたかもしれないのだ。どういうふうにしてだか、奇跡的に手筈が整えられ、夜明けの冷気の中、体を彼にぴったり寄せて、柵の前に立ったかもしれないのだ。ちょうど太陽が、真っ赤な絨毯をくるくると丘陵の上に広げ、ファンダンゴが鼻孔を広げ、体から蒸気を立ち昇らせ、ひづめの音高く近づいてくる。彼女は最初から理解し、ずっと知っていたような気がした。四本目の脚？　四本目の脚はわたしのものだ。

彼女は自著の中で多くの話を語る。晩年になって警戒心がゆるむと、自らの人生の逸話について語り始めさえする。ただし、それが本当の話なのかでっち上げなのか判じ難いような仕方で語る。しかし、ひとつだけ彼女が絶対に語らない話があった。ある種の事柄について、彼女は完璧に沈黙を貫きとおした。ちょうど（のちにイーディスとなった）エセルがそうであったように。ちょうど、彼女の想像によれば、あんなに物を語る才に恵まれたジョゼフ・コンラッドも、素晴らしくからからな男の抜け殻となって彼女の横に寝たならば、ある種の事柄について完全に沈黙したであろうように。

話を語り、お話を語る。どうしても嘘っぱちを商売にしているという含みがつきまとう。しかし、彼女にとってそれは、常に核心、心髄に達することを目指す仕事だった。真実を語ることが生業だった。方式こそ違え、それはドナルドの仕事でもあった。可哀相に、ドナルドは、四十、五十年前に彼女のもとから召されていった。

こういうインタビュー的なお喋りや誤魔化しはもうたくさん。では、その真実を語るというのは、一体どういうことなのでしょう？　必ず、説明の説明まで求められる。そして、彼女くらい力のある作家なら、誘い込み、からかい、煙に巻く。あら、わかりきったことじゃありません？それは生そのものに誠実であること、それは生きているという感じそのものを無理は承知で捉えようと努めること。それは新しい言語を見つけること。そしてそれは、ここまで述べたことの論理的必然として、人生にはどうしても説明のつかないことが多くある、わたしたちが思ってるより、ずっとずっと多くあるという事実に誠実であることです。

訳者あとがき

本書『マザリング・サンデー』は、英国の作家グレアム・スウィフト（Graham Swift）の中篇小説 *Mothering Sunday: A Romance* の全訳である。原作は二〇一六年にスクリブナー（Scribner）社から上梓され、翌一七年のホーソーンデン賞（Hawthornden Prize）を受けた。

同賞は、前年に刊行された「最良の想像的文学作品」（the best work of imaginative literature）に与えられる。詩に小説、戯曲、旅行記など対象は幅広く、この一九一九年に創設された由緒ある賞の受賞者リストには、古いほうから、エドマンド・ブランデン、ジークフリード・サスーン、イーヴリン・ウォー、グレアム・グリーン、アラン・シリトー、テッド・ヒューズ、ウィリアム・トレヴァー、デイヴィッド・ロッジ、ブルース・チャトウィン、アラン・ベネット、ヒラリー・マンテル、コルム・トビーンなど錚々たる名前が並ぶ。そこに現代英国を代表する小説家の一人であるグレアム・スウィフトの名前が加わったのはごく自然なことに感じられるが、この『マザリング・サンデー』という作品がまたいかにもこの賞に似つかわしい。それはエピグラフの「お前を舞踏会に行かせてやろう」が予告するとおり、これがメイドのジェーン・フェアチャイルドを主人公とする一種のシンデレラ物語で、そのジェーンにいわばかぼちゃの馬車を用意する魔法使いの役割を果たすのが「想像力」だからでもあるが、何より『ウォーターランド』(一九八三)と『最後の注文』(一九九六)に並ぶスウィフトの三つ目の代表作となることは間違いないばかりか、両作を超えたと評価する向きさえある本作において、六十代半ばを過ぎた小説家の想像力がまぶしいほど輝いているからである。

一九二四年三月三十日の日曜日は、一年に一度のマザリング・サンデーにあたっていた。マザリング・サンデーには実家の母を訪ねることができるよう、使用人たちに半日の休みが与えられる。訪ねるべき母のいる者たちは、ドライフルーツのぎっしり詰まったシムネルケーキや花束を土産に帰郷するのが習いである。しかし、ニヴン家のビーチウッド邸でメイドとして働くジェーン・フェアチャイルドには訪ねるべき母がいない。この日の朝、本の好きなジェーンがこの半日を本を読んで過ごそうかと考えていると、一マイルほど離れた隣の屋敷であるアプリィ邸から電話がかかる。ジェーンが秘密で付き合って七年になろうとしているシェリンガム家の坊ちゃまポールから、家族も使用人も出かけて自分一人になるアプリィ邸にこいとの呼び出しである。ポールは二週間後にホブデイ家のお嬢様と結婚することが決まっているから、二人が会えるのも今日が最後になるかもしれない。ポールは二十三歳、ジェーンは二十二歳である。

その後の展開は、「身分違いの恋」とか「シンデレラ物語」とかのことばからは到底予想できないものだ。スウィフトは桂冠詩人テッド・ヒューズ（一九三〇—九八）に手向けた追悼文'Fishing with Ted'（エッセイ集*Making an Elephant*所収）のなかで創作を釣りに譬えているが、この『マザリング・サンデー』という珍しくて美しい魚を釣り上げて釣り師本人も驚いているのではないか。スウィフトの小説が好きでずっと読んできたけれども、こんなに光に溢れて伸びやかなスウィフトを読める日がくるとは思わなかったし、頭がよくて強かな若い女性の主人公にも虚を衝かれた。『ウォーターランド』と『最後の注文』を含めた既作では、物語の「現在」に進行する出来事に過去の回想を絡めることによって、主人公たちの人生や何か秘密のようなものが明らかにされていくという形が多かった。本作では、一九二四年三月三十日のジェーンの経験と思考に絡めて、作家として大成しインタビューに答える七十歳、八十歳、九十歳になったジェーンの声が聞こえてくる。

中篇という長さも新鮮だった。最初、この本の薄さを見たとき、いよいよスウィフトも長篇を書く力を失ったかと要らぬ心配をした。読んでみれば、これは締まりのない短篇でも膨らみそこねた長篇でもない。無駄なことばの一つもない、敢えていうがほとんど完璧な中篇である。二〇一四年に刊行された短篇集*England and Other Stories*の書評において、彼女自身作家であるレイチェル・シーファー（Rachel Seiffert）が、スウィフトはたった一行の文で多くの作家が一ページを費やしかねない内容を書いてのけると賛嘆している。まったくそのとおりであって、ボルヘスがヘンリー・ジェイムズやラドヤード・キップリングの短篇についていったことばを借りるならば、『マザリング・サンデー』の読者は、「長篇に見いだせるのと同じ複雑さに、それもより快適なかたちで出会える」（鼓直訳『詩という仕事について』）のである。

いまも触れた *England and Other Stories* に 'Was She the Only One?' という『マザリング・サンデー』のいってみれば種となったと思われる十ページ余りの短篇がある。主人公は十八歳のリリー・ホッブズ。あと半年もしないで第一次世界大戦が休戦になるという一九一八年の六月、兵士として出征していた夫が戦場で死ぬ。休戦間際、戦争でも命を落とす危険の比較的少ない情報将校と出会い、やがて身分違いの結婚をする。夫婦が儲けた子供は二人とも娘で、第二次世界大戦を家族で無事に切り抜け、戦後に生まれる孫も女の子ばかり。そして、最初の夫とのことでリリーには誰にも話さない秘密がある。二つの大戦を乗り越え高齢まで生きる生命力旺盛な労働者階級出身の女性が主人公である点でも、舞台がイングランド南部のバークシャーである点でも、主人公には誰にも語らぬ秘密がある点でも、『マザリング・サンデー』はこの短篇によく似ている。

こんなことに気がつくと、すぐそういう女性がスウィフトの親戚か何かにいるのではないかと勘ぐってしまう。どうも想像力豊かな天才が無から有を創り出すというロマン主義的な作家観に懐疑的なほうで、創作活動における経験と観察と記憶の役割を重く見たくなる性質なのだ。実はもう二十年近くも前、一貫して作家にとっての想像力の重要性を強調していたスウィフトにロンドンで会った折、そんな疑問をぶつけてみた。一見、想像力の産物と見えるものもパーツに分解すればどこかで見たもの聞いたものなのではありませんか。キマイラも獅子と山羊と蛇の寄せ集めでしょう、組み合わせ方が大事でしょうけれど、と。スウィフトはわかってないなあという顔をして、想像力とは想像力とよぶしかない不思議な力であるといって譲らなかった。

短篇 'Was She the Only One?' も自由間接話法を駆使した簡勁な文体で実に読ませる。レイチェル・シーファーが先述の書評でスウィフトの簡にして尽くした文章を褒めたとき、例として引いたのがこの短篇のリリーを描写する一文だった。けれども『マザリング・サンデー』を読めば、もとの短篇に加えられたもののあまりに豊かで生き生きしていることに唸らずにはいられない。一流の小説家の想像力に改めて感じ入った。「もしも」「ひょっとして」と仮定して想像しまくるジェーン・フェアチャイルドを見ていて、ああ、想像力とは仮定法だったか、想像力とはことばの力でもあるかと少し腑に落ちた気のする一方で、ジェーンの振る舞いの一つひとつ、ジェーンの想念の一つひとつに、なぜスウィフトはこれが想像できてしまうのかと畏怖の念を抱いた。

あわせて、今回であれば作品のちょうど中央に悲劇を知らせ読者に息を呑ませる短い一文を置く構成の妙があり、むろんいつもながらの、ものをゆっくり読む喜びを思い出させてくれる巧緻な文章があり、さらにはイディオマティックな英語によることば遊びを織り交ぜるユーモアまであるのだから、たまらない。読むうちに小説に入り込み、イングランド南部の緩やかに起伏する丘陵で自転車を漕ぐジェーン・フェアチャイルドのからだに入り込むことさえできた。

この小説に示された人生観も好もしい。一九二四年三月三十日に自転車を漕ぐ二十二歳のジェーンは思う――「人生はこんなに残酷になることができ、けれどもそれと同時にこんなに恵み深くなることができるのか」（本書一〇〇ページ）。漕いでいく方向を迷ったジェーンはこう決める――「どこだって構わない、大事なのはただ自転車を漕いでいることだ」（本書一〇一ページ）。そして、七十、八十、九十になったジェーンは言う。人間は仮定して考えること、つまり想像することができるから、訪れなかった不運に安堵の胸を撫でおろし、得られなかった幸運に無念の涙を呑む。降りかかるかもしれぬ不運に恐れおののき、恵まれるかもしれぬ幸運に胸を膨らませる。人の一生には「可能性という名の舞台袖に待機し」たまま実際には起こらない「様々な場面」（本書七〇ページ）が無数にある。それら未実現に終わった可能性とそれらをめぐる心の震えすべてを込みにして人間の生なのだ。その「生そのものを掻き抱くこと」（本書一二一ページ）こそ、生きることの要諦ではないか、と。

一九四九年に生まれ、一九八〇年に長篇デビューしたスウィフトにとって、『マザリング・サンデー』はちょうど十作目の小説となった。以下に、これまでの主要な著作を掲げておく。

〈小説〉

The Sweet Shop Owner (1980)

Shuttlecock（1981）　ジェフリー・フェイバー記念賞受賞
Waterland（1983）　ガーディアン小説賞、ウィニフレッド・ホルトビー記念賞受賞
Out of This World（1988）
Ever After（1992）
Last Orders（1996）　ブッカー賞、ジェイムズ・テイト・ブラック記念賞受賞
The Light of Day（2003）
Tomorrow（2007）
Wish You Were Here（2011）
Mothering Sunday: A Romance（2016）　ホーソーンデン賞受賞

〈短篇集〉
Learning to Swim and Other Stories（1982）
England and Other Stories（2014）

〈エッセイ集〉
Making an Elephant: Writing from Within（2009）

このうち日本語で読めるものは、小説第三作の『ウォーターランド』（拙訳、新潮クレスト・ブックス）、第四作『この世界を逃れて』（高橋和久訳、白水社）、第六作『最後の注文』（拙訳、新潮クレスト・ブックス）、第十作『マザリング・サンデー』（本書）、短篇「トンネル」（片山亜紀訳、松柏社『しみじみ読むイギリス・アイルランド文学　現代文学短編作品集』所収）、短篇「ホテル」（柴田元幸訳、朝日新聞社『むずかしい愛　現代英米愛の小説集』所収）である。

グレアム・スウィフトの代表作『ウォーターランド』と『最後の注文』に続き本作を翻訳することができたのを嬉しく思う。翻訳について一つ断っておくべきなのは、コンラッドの『青春』（*Youth, a Narrative*）からの引用（本書一六〇ページ）についてである。既訳から引用したいと考えて検討した結果、文脈から切り離して一行だけを抜き出す都合もあり、比較的新しい土岐恒二訳と古い矢本貞幹訳を折衷することになった。先達お二人が泉下でさぞ渋い顔をなさっていることであろう。

最後になるが、この場を借り、本書の企画、編集、刊行についてお世話になった新潮社出版部文芸第一編集部の須貝利恵子さんと前田誠一さんに心よりお礼申し上げる。

二〇一八年二月十八日

真野　泰

Mothering Sunday
Graham Swift

マザリング・サンデー

著 者
グレアム・スウィフト
訳 者
真野　泰
発 行
2018年3月30日
2 刷
2022年5月30日
発行者　佐藤隆信
発行所　株式会社新潮社
〒162-8711 東京都新宿区矢来町71
電話 編集部 03-3266-5411
読者係 03-3266-5111
http://www.shinchosha.co.jp

印刷所
株式会社精興社
製本所
大口製本印刷株式会社

乱丁・落丁本は、ご面倒ですが小社読者係宛お送り下さい。
送料小社負担にてお取替えいたします。
価格はカバーに表示してあります。

ISBN978-4-10-590145-5 C0397

ウォーターランド

Waterland
Graham Swift

グレアム・スウィフト
真野泰訳

土を踏みしめていたはずの足元に、ひたひたと寄せる水の記憶――。イングランドの水郷フェンズを舞台に、人の精神の地下風景を圧倒的筆力で描きだす、ブッカー賞作家のもっとも危険な長篇小説。

CREST BOOKS

終わりの感覚

The Sense of an Ending
Julian Barnes

ジュリアン・バーンズ
土屋政雄訳

穏やかな引退生活を送る男に届いた一通の手紙——。
ウィットあふれる練達の文章と衝撃的なエンディングで、
四度目の候補にして遂にブッカー賞を受賞。
記憶と時間をめぐる優美でサスペンスフルな中篇小説。

すべての見えない光

All the Light We Cannot See
Anthony Doerr

アンソニー・ドーア
藤井光訳

視力を失った少女と、ナチスドイツの若い兵士。
二人の運命が、ほんの束の間、フランスの海辺の町で交差する。
時代に翻弄される人々を、世界の荘厳さとともに温かに描く
ピュリツァー賞受賞の感動巨篇。

CREST BOOKS